读客悬疑文库
认准读客读悬疑,本本都是大师级。

警察局里的局

［日］横山秀夫 著

曹逸冰 译

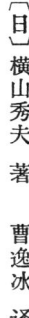

陰の季節

北京日报出版社

图书在版编目（CIP）数据

警察局里的局/（日）横山秀夫著；曹逸冰译. -- 北京：北京日报出版社，2025.4（2025.7 重印）
ISBN 978-7-5477-4718-6

Ⅰ.①警… Ⅱ.①横…②曹… Ⅲ.①短篇小说－小说集－日本－现代 Ⅳ.①I313.45

中国国家版本馆 CIP 数据核字（2023）第 220080 号

KAGE NO KISETSU by YOKOYAMA Hideo
Copyright © 1998 YOKOYAMA Hideo
All rights reserved.
Original Japanese edition published by Bungeishunju Ltd., Japan, in 1998.
Chinese (in simplified character only) translation rights in PRC reserved by Dook Media Group Limited, under the license granted by YOKOYAMA Hideo, Japan arranged with Bungeishunju Ltd., Japan through TUTTLE-MORI AGENCY, Inc., Japan.

中文版权：© 2025 读客文化股份有限公司
经授权，读客文化股份有限公司拥有本书的中文（简体）版权
图字：01-2025-1206号

警察局里的局

作　　者：	［日］横山秀夫
译　　者：	曹逸冰
责任编辑：	王　莹
特约编辑：	张　齐　　毛雅葳　　齐海霞
封面设计：	李子琪
出版发行：	北京日报出版社
地　　址：	北京市东城区东单三条8-16号东方广场东配楼四层
邮　　编：	100005
电　　话：	发行部：（010）65255876
	总编室：（010）65252135
印　　刷：	三河市中晟雅豪印务有限公司
经　　销：	各地新华书店
版　　次：	2025年4月第1版
	2025年7月第2次印刷
开　　本：	880毫米×1230毫米　1/32
印　　张：	6.75
字　　数：	165千字
定　　价：	49.90元

版权所有，侵权必究，未经许可，不得转载
凡印刷、装订错误，可调换，联系电话：010-87681002

目录

阴暗的季节
001

地之声
067

黑线
117

公文包
165

陰の季節

阴暗的季节

1

冬去春来的风声,都被挡在这个房间之外。窗户终日紧闭,厚重的窗帘不留一丝缝隙。空调似乎开着,但只要对着电脑敲上半小时键盘,就会意识到那震耳欲聋的噪声并没有换来多大的功效。

这间警务课的小办公室位于D县警局本部北楼的二层,面积约莫十五平方米。由于平时并不常用,它被戏称为"别墅"或"外宅"。不过,这个叫法也只有警务课的人用。其他部门的同事则会面露意味深长的笑,或在眼中透出一丝惧色,揶揄它为"人事屋"。"又到了他们进人事屋闭关的时候。"——如此这般。

离内部通知只剩五天了,定期人事调动名单的编制工作已进入冲刺阶段。其实本县的警官与一般职员加起来也不到三千人,人事调动的规模可想而知。换作往年,"人事拼图"早已大功告成。

之所以拖延至今,是因为监察课在今天下午发来了一条棘手的消息：主管县北疗养胜地的S署出事了。署长让本地园艺公司免费给岳家修了座花园。

——混账东西！

二渡真治对着电脑屏幕上的S署署长大头照，在心中如此痛骂。

这位面善的圆脸署长是去年春天才走马上任的，当然不在这次人事调动的范围内，奈何他有和辖区内商家勾结的嫌疑。不能再让这号人当"警署的门面"了，免得丢人现眼。警务部[1]部长刚下了命令，要求二渡在明天上午之前调整好干部的人事安排，其中就包括撤换S署署长。

二渡深耕人事多年。职级还是警部补[2]和警部的时候，他就做了六年的人事工作。前年他晋升警视，被任命为"警务课调查官"，负责组织管理的整体规划，自那之后，他也一直参与人事安排的起草工作。人事组人手寥寥，终日连轴转，除非有朝一日升级成人事课，否则高层绝不会放走用着顺手的二渡。

二渡习以为常。

他碰到过被显而易见的马屁忽悠得团团转，跟傻瓜似的胡乱越级提拔的本部长；连着两任警务部部长都无视地方警察组织的现

---

1 日本警察组织内负责人事、福利、宣传等各项事务的部门。——编者注
2 日本警察的职级大致分为九级，由上至下依次为：警视总监、警视监、警视长、警视正、警视、警部、警部补、巡查部长、巡查。——编者注

实和惯例，偏要在人事问题上大展身手；一群只想镀金的特考组[1]指点江山，把人事拼图搅得一团糟，害得二渡通宵达旦也是家常便饭。每次遇到这种事大动肝火也无济于事。

今年这样的情况却是史无前例。本部长都点了头，眼看着就要把调动名单送去效率管理课打印了，却不得不回炉修改。而且回炉的理由并非特考组的心血来潮，而是署长这个"自己人"的违规操作，直让二渡横眉竖眼。

——那就送他去驾照课或教养课坐"冷板凳"吧。

二渡握着鼠标纵贯屏幕上的组织结构图，物色S署署长的去处。

按警界的惯例，在基层犯了错的干部会被调回本部，安排一个不显眼的职位，雪藏四五年反省反省。话虽如此，却也不能明降。专盯警察的记者比稀里糊涂的课员还熟悉组织的内情，万一被他们瞧出端倪，挖出了违规操作，后果不堪设想。自己人猜得出是明升暗降，却能对外人宣称"此举是为了强化某某部门"。把人调去这种模棱两可、藏于深处的职位，正是人事管理的本事。

——怎么办？

要把人调去驾照课或教养课，就得派一名合适的干部去S警署填补空位。如果对调就能解决问题，二渡也就不用发愁了。将

---

[1] 特考组是"国家公务员I种"合格者，入职就是警部补，是日本警察系统中的精英。——译者注（本书中注释若无特殊说明，均为译者注）

驾照课课长直接调去S署当署长，便成了破格提拔。教养课课长就更不行了。他的年龄和履历都符合要求，可老家偏偏在S署的辖区。没有更具说服力的理由，比如"人事的信念"之类，就无法打破人事调动的禁忌。

——混账东西！

再度咒骂后，二渡横下一条心，狠狠打乱得到领导批准的人事拼图。到头来，还是只能玩"华容道"，把驾照课课长调去比S署低一级的G署，把G署署长调回本部少年课，把少年课课长平级调往生活保安课，再把生活保安课课长……

"二渡，来一下——"

二渡沉着脸回头望去，只见警务课课长白田在半开的房门外向他招手。这间小办公室没有电话，以免人事信息外泄，并杜绝了外部发动人情疏通关系的可能。白田这个县警局本部的"一把手"课长要找他，也得走出主楼二层的警务部办公区，七拐八弯，穿过一眼望不到头的走廊，将地砖踩得嗒嗒作响。

二渡默默行礼，起身走去。目光恰好扫过阔别数小时的挂钟，刚过晚上九点。

"这下麻烦了，跟我去趟部长办公室。"

走廊光线昏暗，白田眉间的深纹却是道道分明。

——麻烦？

"是S署的事吗？我正在……"

话未说完，他便把粗心大意的后半句咽了回去。白田岂能不知S署的情况，不会为此特意前来。而且都这么晚了，警务部部长却还留在办公室没走。换作平时，那位可早就在机关宿舍小酌白兰地了。

二渡回到办公桌前关闭屏幕上的页面，将退出的软盘放进保险柜里锁好，然后追上白田僵硬的背影。没有电脑屏幕照着，二渡的脸色依然苍白。

——还能出什么幺蛾子？

穿过走廊进入主楼，拐两个弯。红地毯一路通往正前方深处的本部长办公室。近处右手边则是警务部部长办公室，推拉窗漏出缕缕灯光。

二渡挺直腰背，随白田走进警务部部长办公室。地毯的厚度陡增。靠着沙发的大黑警务部部长只朝他们偏了偏头。他吊着眼，叫人看得出他此刻的不悦。

"这下麻烦了。"

大黑胡乱地摆摆手，示意两人坐下。结果人还没坐定，他便用低沉的嗓音重复了白田的台词。

"出什么事了？"

二渡摆出听麻烦事的表情。一旁的白田则垂眸扫了他一眼。

"老尾不肯退。"

"啊？"

惊呼脱口而出。

"听说他赖着不肯走。"

大黑咬牙切齿道，瞪了瞪目结舌的二渡一眼。

——怎么可能？

尾坂部道夫，警界元老，三年前以刑事部部长的身份退休，同时被"返聘"[1]至警务课为他准备好的外部职位。眼下任期将满，刚好赶上县警局的人事调动。各方早已敲定，他的继任者会是即将退休的防犯部部长工藤。

谁知计划赶不上变化。大约一小时前，白田打电话去尾坂部家，想确定一下工作交接的日程。结果他刚切入正题，尾坂部便道"没有这个必要"，单方面撂了电话。

二渡顿时心跳加速。

尾坂部赖着不走，工藤部长岂不是无处可去了？

安排退休干部的去处是最让警务课费神的工作，也是最能展现其实力的工作。万一没给防犯部部长这样的大领导找好位子，害得人家赋闲在家，警务课就成了县警局的笑柄。人事安排上的失败，直接意味着警务课威信扫地。

——不妙啊。

"为什么不肯退？"二渡尽可能让语气显得平静，嗓音却仍微微发尖。

"我要知道就不愁了。"大黑呻吟道。

此人素来谨小慎微，不容许有一丁点儿的失误。

---

[1] 此处指日本的一种惯例，高级干部退休后，会被派往外围组织或与政府关系密切的私营企业处就职。

他来自南方,入职本地县警局后在派出所干过几年。也不知是在派出所悟出了什么道理,下了什么决心,他在数年后参加了高级干部考试并成功上岸,算是"半路出家的特考组"。这样的人能在地方上耀武扬威,到了中央却只能算"二队的替补"。他根本挤不进纯正特考组的晋升赛道,只得辗转于不太重要的警察厅职位与地方,尝遍了两不沾的辛酸。算算年纪,再换一两个职位就到头了。他但求最后能调去气候温暖的平原地区当个本部长,哪怕不是实力雄厚的大县也成。

"你们几个,知道该怎么办吧——"

二渡仿佛听到了大黑的恫吓。

"人事调动名单让上原组长去捋,当务之急是搞清老尾到底是怎么想的。"

白田怕是也听到了同样的恫吓,命二渡着手调查,带着近似恳求的神色。

2

二渡沿着昏暗的走廊往回走,只想双手抱头。

"搞清老尾到底是怎么想的。"说得轻巧,无论尾坂部意欲何为,组织都决意已定。他的任务就是给尾坂部下最后通牒,此事已无回旋的余地。

——你们这些领导是摆设吗？

　　二渡真想吼那两人一嗓子。而最懂得明哲保身的白田课长定会如此回答：我们课里只有你知道老尾"返聘"的原委啊。

　　在尾坂部退休的大半年前，本县接连爆出与建筑工程相关的贪污腐败案件。就在这时，数家建筑公司联名找到警务课，提议成立社团法人"非法倾倒工业废料监督协会"。这绝非巧合。建筑行业想与县警局建立一条沟通渠道，于是心生一计：以新设法人的名义，拱手奉上协会专务理事的职位。

　　警务课便也借坡下驴。这种体面的"返聘"职位有几个都不嫌多，而他们当时也确实在为几个没有着落的退休干部发愁。警方自然不会因为这点小恩小惠就在调查时手下留情，但明知有毒却还是吃进肚里，这种尴尬仍笼罩着警务课，大家绝口不提"工废协会"便是铁证。

　　当年的警务部部长让尾坂部当了协会的第一任专务理事，并明确告诉他"三年后让位"。在D县，"返聘"职位的任期一般为三年至六年。之所以只让尾坂部待三年，是因为警务课核对了未来五年的退休干部人数和手头的"返聘"职位数量，发现只有这样才安排得过来。

　　——他是嫌三年太短，心有不甘？

　　这是二渡最先想到的可能性。当年他还是警部，担任人事组长一职。就是他负责计算人头和空位，并向上级提交了报告。

　　——不，不可能……

冷冰冰的想象悄然渗入二渡的心。

独立办公室、秘书、带司机的公务车，以及丝毫不逊色于退休前的薪酬。不舍得将如此优厚的待遇拱手让人也是有可能的。

如果尾坂部真被贪欲蒙了心，那就很棘手了。"任期三年"不过是口头约定，无异于君子协定。要是他翻脸不认，警务课便束手无策。

然而，赖着不走的先例还从未有过。

警界不同于其他组织，是彻头彻尾的村落社会。在他们迈入警校大门的那一刻，便作为新的"村民"呱呱坠地，从此与组织同生共死，直到咽气都无法与之撇清关系。年满退休也只是失去了官职，"村民"的身份却不会有丝毫改变。既然如此，君子协定就不仅是口头承诺，而是必须遵守的铁律。尾坂部要打破铁律，背弃组织？不可能。因为那意味着"村民"尾坂部的死。

二渡回到小办公室，吩咐上原组长接手人事拼图。嘱咐几句之后，他坐到了自己的电脑桌前，将写有"警友会"的软盘插入机器，深吸一口气，然后调出尾坂部道夫的档案。

现在看来，尾坂部的傲人履历仍叫人瞠目结舌。

他在旧自治体警察时代[1]进入警界，起初只是派出所的小小巡查。因接连破获摩托车失窃案被调入片区刑事课，主要从事盗窃

---

[1] 日本在1948年制定了《旧警察法》，国家地方警察与自治体警察实行地方分权，但1954年颁布的《新警察法》统一了警察厅（国家行政组织）与都道府县警局（地方组织）。

案的调查工作。三年后被调入刑事部搜查一课，跻身专门侦办凶杀案等要案的重案组。他待过好几个片区警署的刑事课，但始终心系重案。他在重案组前前后后干了十四年，其中有五年担任班长。之后接连升任搜查一课的副课长、刑事指导官、课长……他在刑事部平步青云，最终登上金字塔的顶点，成为刑事部部长。

在此期间，他担任过片区的刑事课课长，也当过两次署长，连机动搜查队的副队长和队长都当过。至于借调经历，他在本厅的刑事企划课待过两年，同样无可挑剔。

在他经手过的案件中，唯有两起重案悬而未决，分别是担任搜查一课课长时指挥调查的信用社猎枪抢劫案和刚就任刑事部部长时发生的女白领奸杀案。成功破获的案件则不计其数，鼠标怎么拉都仿佛看不到头。

二渡长出一口气。

他不由得为之惊叹。尾坂部道夫没踏出过刑事部一步，为四十二年的从警生涯画上了完美的句号。类似的一线刑警并不难找，但二渡可以不假思索地断言，以如此专注刑侦的履历坐上刑事部部长交椅的人，绝不会出现第二个。

县警局不比规模庞大的警视厅。放眼组织结构图，县警局仅有五大部门：警务、警备、刑事、防犯和交通。警务与警备的部长由警察厅任命，留给县警局自己人的部长职位不过三个，其中地位最高的当数刑事部部长。照理说刑事部部长是刑事案件侦查工作的最高负责人，应该让深耕刑侦的人来做，但现实并非如此。为查案早出晚归的刑警们没有时间准备晋升考试，在考试前一天夜里被老刑警们灌得烂醉也绝非陈年旧事。

所以，只有具备一定的刑侦资历，却也长期待过其他部门，并在那里留下业绩，同时稳步通过晋升考试的人，才能最终赢得刑事部部长的职位，有时也会出现"对刑侦一窍不通的外行因人事安排碰巧坐上这个位置"的情况。总而言之，只要在同辈人中最早晋升为警视，便最可能得到这个自己人能够企及的最高职位。

好比二渡，他四十岁时便已晋升警视，比同届的所有人都快。精通人事的二渡比谁都清楚：别看他身材单薄，神似银行职员，连手铐和法绳的用法都快忘光了，可再过十多年，刑事部部长的第一候选人非他莫属——无论他本人是否乐意。

尾坂部那足以填满电脑屏幕的履历震撼着他，嘲笑着他，甚至迫使他生出了淡淡的嫉妒。也许原因就在于此。

——不得了。

每一个警察都幻想过这般精彩的刑侦生涯。不仅如此，他还以刑事部部长的身份功成身退，称之为"人事的奇迹"也毫不为过。虽说当年还有破格晋升制度，在一线工作中表现突出的人也有望升迁，不一定要挤考试这座独木桥，但二渡还是认为，尾坂部的履历是建立在许多巧合之上的奇迹。

尾坂部的脸出现在屏幕的上方。

皮肤黝黑，棱角分明，眼窝深陷，不苟言笑，十足的刑警范儿。

　　二渡对这类人有着生理层面的抵触。尾坂部退休前，二渡似乎也有同感。同在县警局二十多年，彼此之间却没有像样的交集。二渡曾为了确认刑事部内部的人事构想去过部长办公室，也曾因预算方面的要求被叫去谈话，但次数屈指可数。尾坂部扎根于刑事部各课所在的五层，二渡则坐镇警务部门扎堆的二层。他对尾坂部的印象仅限于照片里那张绷着的脸。细想起来，他压根儿就没见过笑容满面或怒气冲天的尾坂部。

　　——姑且找他聊聊看吧。

　　二渡暗暗逞强，将尾坂部家的地址抄在笔记本上。自己买的房子，贷款已还清。与妻子育有三个女儿。老大老二早已成家，小女儿在东京——

　　二渡又给额头冒汗的上原组长提了几个建议，然后走出办公楼。冷风拍上脸颊，让他不由得紧了紧大衣的领口。午夜零点已过。

　　他百思不得其解。

　　尾坂部为什么不肯退？是嫌三年太短，还是舍不得优厚的待遇？

　　两个理由似乎都说不通。刚浏览过的档案，仍清晰地印刻在二渡的视网膜上。

　　——当真？

　　尾坂部那样的人，竟会抛下尊严，背弃组织，与建筑公司同流合污？

"不可能……"

二渡回望被淹没在深邃黑暗中的办公楼，喃喃自语。

再过五天，就要下达人事调动的第一批内部通知了。无论如何，明天一早都要找尾坂部问个清楚。不同于去部长办公室面见尾坂部，别样的紧张涌上二渡心头，他加快脚步，走向停车场。

3

万万没想到，第二天早上，二渡竟没堵到人。

其实早上六点的时候，他已经把车开进了尾坂部家所在的住宅区，也很快找到了"尾坂部"字样的名牌。那是一栋低调的双层小楼，光叶石楠树篱环绕四周，怎么看都不像是前部长的住处。

那一带是老式住宅区，所以路非常窄。二渡又不能堂而皇之地把车开到老领导家门口，只得原路返回，停在了河滩边的空地。走过去只需几分钟。先在房子周围转转，不动声色地观察家里的情况，等人家用过早餐了再敲门。他在脑海中安排接下来的步骤，开门下车。

谁知走了没几步，便有一辆黑漆轿车驶过眼前的市道。驾驶座上是个头发花白的男人。虽然没打领带，但穿着肩线挺括的深色西装外套，握着方向盘的手还戴着白手套——

二渡回过神来的时候，一切都迟了。眼看着轿车拐进住宅区，他发足狂奔，跑得脸色煞白。当光叶石楠出现在视野的远处时，白手套已然关上了后门。一嗓子把人喊住也不妥，他只得喘着粗气，隔着后挡风玻璃目送尾坂部的头渐渐远去，整个人呆若木鸡。

此时此刻，二渡正坐在警务课的办公桌前，痛苦地反思今晨的失策。七点半已过，课员相继走进办公室，却并没有被早早现身的二渡吓到。他们八成以为，二渡为了调整拼图或别的工作在"别墅"忙了个通宵。

二渡用略显烦躁的动作拿起听筒，按下重拨键。这是第四次了。回铃音响个不停，但工废协会的秘书处还是没有人。

——上哪儿去了？

尾坂部一大清早就被司机接走了，却没去协会上班。莫非上午要去哪个山区开会？

二渡站起身，再次按下重拨键。见电话那头还是全无动静，他便走出了办公室，只对端来咖啡的女警齐藤撂下一句："抱歉，我回头再喝，凉了也没事。"

大黑部长和白田课长快来了，他可没脸汇报今天早上发生的事，又何必傻乎乎地待在大办公室，等领导轻飘飘地来句"情况如何"呢？

走去小办公室一看，上原组长果然还顶着一双红眼僵坐在电脑跟前。他胡楂不算多，但二渡还是能一眼看出他昨晚没回家。

二渡决定帮他搞会儿人事拼图。他边做边想，干脆直接去协会办公室，别预约了。如果尾坂部真想赖着不走，就必然会在这个敏感时期避开警务课派出的"刺客"。一夜过去，离内部通知只剩四天了。贸然打电话预约恐怕会打草惊蛇。万一尾坂部躲了起来，警务课不战而败就是必然的结局。

堂堂尾坂部，岂会躲躲藏藏？去了要没见着人，就找秘书处的人打听打听，心中的另一个声音如此说道。于是，二渡在临近中午时抛下了眼神中写满恳求的上原组长。

走到F大楼只要五分钟左右。现代化的半官半民大楼比周围的街景高出一头。浅蓝色的镜面玻璃倒映出流动的云彩，甚是养眼。

高速电梯迅速升至十二层。二渡按指示牌来到走廊，走过几扇门，便看到了协会秘书处的名牌。

秘书处的办公室宽敞得出乎意料。十多张办公桌摆得很是零散，翠绿的盆栽巧妙地点缀其间，不至于让来客误以为这是家快倒闭的公司。

右手边的墙上挂着一张大得吓人的白色地图。巨大的本县地图上，插着无数根五颜六色的大头针，牵出无数条放射状的红线，描摹着图上的道路。乍看仿佛某种前卫的装饰品。

二渡往里走了几步，伸长脖子看向用屏风隔开的窗边一角。想必那个能饱览远处县界群山的"特等座"就是专务理事的工位。然而，磨砂玻璃屏风后并无人影。

——也罢。

迎接二渡的年轻女子穿着一身职业套装，身材堪比模特，举手投足很是得体。紧接着，一名半老男子从盆栽后忽然现身，一看就是小喽啰。两人迅速交换名片。原来男子姓宫城，任秘书处长。他看着二渡，面露惊讶之色。也许在他的印象中，警察就该长成尾坂部那样。

"真不凑巧，我们专务出去了……"

宫城满怀歉意地将二渡带去深处的沙发。那表情仿佛在说：只要是我能做主的，您尽管说就是了。

二渡从未见过宫城，却清楚他的来历。他本是县政府的职员，在环境卫生部当过许多年的组长。建筑行业向县警局提供了"专务理事"的职位，同时也卖了个人情给县政府，一碗水端平。总之，宫城也算是"返聘"的干部。不难想象，他定是屏息凝神地关注着这场闹剧的走向。二渡认为，他好歹能揣摩出几分尾坂部的心思。

"请问专务今天去了哪里？"二渡开口问道。

"呃……今天的话……"宫城支支吾吾道，目光飘过墙上的白色地图。

"应该是去县北考察了，但我也不太确定……专务实在是精力充沛，我们都自愧不如啊！"

"考察……？"

"哦，就是考察存在非法倾倒行为的地方。"

原来插在白色地图上的大头针代表了非法倾倒行为的发生地。不过大头针的数量着实惊人，粗略一算，足有数百根之多。翻斗车成群结队开出大城市，把工业废料倒去荒郊野外之类的事倒是常有耳闻，但没想到能多到这个地步。

——可堂堂专务为什么要亲自去实地考察？

二渡回想起三年前看过的协会成立宗旨。

协会以提高业内企业的合规意识为己任，对企业开展个别指导，号召企业不用违规操作的工业垃圾处理公司，同时面向本县居民开展宣传活动，鼓励大家在发现非法倾倒行为时通过各级政府的宣传刊物积极举报。根据举报开展实地考察也是协会的日常工作之一，一旦在考察中发现倾倒地点靠近水源、倾倒量过多等性质恶劣的情况，就汇总调查结果上报警方。

听宫城的口气，尾坂部貌似对实地考察一事颇为上心。问题是，这间办公室里有的是无所事事的小年轻。人手不够也就罢了，可专务理事毕竟是协会的"一把手"，哪有让即将年满六十三岁的大领导到处跑的道理？

"专务经常外出考察吗？"

"啊？哦……是的，"宫城略显尴尬，"几乎每天都去。"

"每天？"

"对，尤其是这一年多，每天都在外头跑。我也劝他派别人去算了，可他非要自己上……"

二渡点了点头，言外之意：我懂。

他继续问道:"那他今天大概什么时候回来呢?"

"嗯……怕是要五六点了……直接回家也是有可能的。"

"他外出时会联系你们吗?"

"不太会,今天也是一通电话都没来过。"

二渡大失所望。这位秘书处长是看家专业户,被独裁专务压得死死的,不可能接触到尾坂部的内心世界,怕是问不出什么有价值的情报了。

二渡轻叹一声,再次抬眼望向墙上的白色地图。

尾坂部就在地图上的某处。

虽不知比例尺是多少,但这张三米见方的巨幅地图不仅画出了主干道,还网罗了主要的市级、町级和村级公路与森林公路。

刚进办公室时,二渡只觉得红铅笔画出的轨迹呈放射状,并无他意。仔细观察后才发现,每一条线都以协会秘书处的所在地为起点,那些线条十有八九代表了尾坂部走过的考察路线。始于秘书处的线条经过各种各样的道路伸向东西南北,另一头则连着代表非法倾倒地点的大头针根部。非法倾倒必然偷偷摸摸,伸向山区的线条颇多。因此,大多数线条出城区前都走同一条主干道,到了山区附近再分出若干股,每股又分别散开,如毛细血管一般伸向各个倾倒地点。

墙边靠着一架梯子。尾坂部劳心费力,在地图上钉下无数根大头针,记录下了无数条考察路线——

这张地图足以彰显工废协会……不,是尾坂部个人的工作业绩。

送午餐的外卖员冲进办公室时，二渡痛快地起身告辞。

——姑且问问看。

二渡确定身后还有送客的脚步声，走至门口，装作不经意地回过头去，压低音量道：

"宫城先生——专务的事您听说没有？"

宫城立刻反应过来。

"哦，听说他决定留任了。"

二渡强压心中的波澜。转瞬间，他已出了大楼，迈着沉重的脚步走向县警局本部。

宫城对尾坂部没有任何想法，答得很是痛快。他对尾坂部赖着不走引发的风波一无所知。看那表情，不难想象尾坂部告诉他自己要留任时，他怕是还道了贺。

怒火渐渐攀升。

尾坂部早已做出留任的决定。别说是反抗组织，他根本是自行决定了去留，仿佛组织压根儿就不存在似的。

是骄傲自大，还是对工作的自信使然？不，二渡仍未摸清问题的根源：尾坂部为什么想留在协会？

年轻的女秘书。宽敞舒适的办公室。俯首听命的秘书处长。从早到晚都能随意使用的公务车。确实舒服，怎么可能不舒服呢？

但二渡的脑海中闪过另一个念头。

习性。

接到居民的举报，奔赴现场，在工业废料中翻找关于出处的线索。这与刑警的工作是何等相似。

把巨幅地图贴在墙上，插上一根又一根代表倾倒地点的大头针。这种行为，不也能让人联想到侦办重案的搜查本部吗？

为刑侦痴狂——

这个词组忽然浮现在二渡的脑海中。

昨晚看到的光辉履历和巨幅地图在二渡的眼中重叠起来。也许尾坂部已经到了崩溃的边缘。想及此处，二渡只觉得脊背一阵发凉。

——不，还没到下定论的时候。

刚回警务课，白田课长便递来一个眼神，言外之意：去部长办公室。

二渡正要迈步，却注意到了摆在自己办公桌上的咖啡杯，液体表面浮着一层薄薄的灰。

"我回头再喝，凉了也没事——"

紧张情绪在无意中放松了几许。他眯起眼睛，捕捉到女警齐藤挺直的背影。撇开作为女性的魅力不谈，她这样的人兴许能在警界混出个名堂。

二渡抿了一口五小时前冲的"热"咖啡，追上课长。还没有搜集到任何值得汇报的线索。他已做好思想准备——部长办公室的气氛，怕是会比这杯咖啡更苦。

4

傍晚时分，二渡再访尾坂部家。

尾坂部还没回来。夫人也不在，家中寂静无声。

二渡只得去附近的公园打发时间。公园里只有秋千和滑梯，不见孩子的身影，也没有呼唤孩子的年轻母亲，连四周的风景都显得垂垂老矣。

恫吓已不再是幻听。得知二渡还没跟尾坂部见上一面，大黑部长的拳头落在桌面。桌上有一叠崭新的名片。工藤的名字旁边分明印着"专务理事"的头衔。名片本该直接送往防犯部，是白田课长去印刷厂截下的。工藤对这场暗斗还一无所知。

"听着！说什么都要在今天逮住他，让他走人——"

二渡低头看表。他本打算五点半去敲门，见时间已过，便急忙起身走向尾坂部家。

四周越发昏暗，双层小楼却没有一个窗口亮灯。尾坂部也没有回协会办公室。二渡往返于尾坂部家与公园，往协会打了好几通电话，却只收获了宫城的惶恐。

——要不再打电话问问？

刚迈开步子。

"请问——"

回头望去，只见一位花甲年纪的优雅妇人转过街角，手里提着超市的购物袋。

二渡还记得那谦和的神情。随着丈夫的晋升越发目中无人的妻子为数不少，但任谁见了和蔼的尾坂部夫人都会赞不绝口。

夫人似乎也还记得二渡，因为他们在退休典礼后的庆功宴上见过面。

"是外子的老同事吧？"夫人客气地看着二渡的眼睛问道，"进屋等吧，他就快回来了。"

"您太客气了。也不是什么要紧事，我改天再来。"

"那可不行，不然他要批评我了。"

夫人很是坚决。也许"被丈夫批评"确有其事。

——罢了，我也没什么好逃的。

二渡报上姓名与所属部门，再次向夫人深鞠一躬，抱着杀进敌军大本营的心态走进尾坂部家。

夫人将他带去设有神龛的日式房间。神龛上供奉着大明神的神符。本色木料一尘不染，用作神木的杨桐也是油光锃亮，一看便知有人精心打理。楣窗处挂着一幅墨迹鲜亮的书法，写着"治而不忘乱[1]"。墙上则毕恭毕敬地挂着裱好的"警察信条"。

一、心怀荣誉感与使命感，为国为民鞠躬尽瘁——

毫无疑问，尾坂部仍心系警界。

---

[1] 出自中国古代典籍中的"安而不忘危，存而不忘亡，治而不忘乱"，意在强调居安思危的理念。

墙边的小桌上摆着一部与最新功能无缘的朴素电话。电话旁边有一片桌面颜色偏白，没有被阳光晒褪色，那无疑是警务电话留下的痕迹。那部电话曾一次次让尾坂部奔赴案件的旋涡。

二渡轻轻呼出一口气。

夫人上了茶就再也没现身。这种做法看似冷淡，但心事重重的二渡反而对她的体贴周到心怀感激。丈夫退休前，她接待过形形色色的来客。也许她早已看出，二渡的来访另有隐情。

——该怎么开口呢？

二渡屏息凝神等了半个小时。忽然，屋外传来关车门的声响。夫人仿佛接到了信号，现身说道："他好像回来了。"

二渡端正坐姿，挺直腰背。

——横下一条心，问个清楚。

尾坂部却迟迟不见人影。夫人再次前来，说"他好像在弄车"，伸长脖子望向树篱之外。

二渡也起身向外看去。

尾坂部道夫站在光叶石楠后面的马路上。那棱角分明的轮廓，凹陷的眼窝，不笑不怒、表情淡漠的侧脸与退休前别无二致。

二渡的身子不禁一缩。这种反应近似于突然遭遇比自己强大的动物。

尾坂部似乎在给那位只能看见花白脑袋的司机下达指示。听声响，像是在换胎。

——混账！

二渡觉得不能再这么等下去了。明知房主就在外面，岂能坐在客厅淡定品茶？他向夫人深鞠一躬，走向前门，只觉得自己一上来就输了心理战。

穿过短小的走廊时，二渡瞥见没开灯的房间里放着各种聘礼。小女儿订婚了？贺礼得赶紧准备起来，还要安排好婚宴当天的部长贺电。滔天的危机，却按压不住警务工作者的本能。

黑漆轿车用千斤顶抬了起来，司机弯腰转动扳手，尾坂部如巨岩一般伫立在旁。

威风凛凛，如此契合这个形容词的男人绝无仅有。

"部长，好久不见。"二渡立定鞠躬。

"部长"二字脱口而出。"先生"过于冒犯，"专务"也不妥，毕竟他就是为了让尾坂部辞去专务一职而来。

读不出表情的脸转向二渡："果然是你小子。"

凡是资历比他浅的，一律以"小子"相称。第一次被尾坂部称作"小子"的时候，二渡已是年过三旬，在警务课过惯了优雅太平的日子。这两个字带来的冲击，堪比落在脸上的拳头。

但二渡无言以对，显然不是因为听到了阔别多年的"小子"。

"果然是你小子——"

尾坂部如此说道。

领导尽是些尿包。烫手山芋必然会落到刚升警视第二年的二渡手上。尾坂部早已看透一切。在他看来，二渡与刚破壳的小鸡崽并无不同。

尾坂部转身背对二渡，仿佛该谈的都已谈完。司机正在换雪胎。明天六点出发，去冰雪尚未消融的深山考察。通过两人对话的片段提取出的信息仅此而已。

二渡错失搭话的契机，只得后退一步看他们忙活。地图册在轿车的后排堆成小山。白天看到的巨幅白色地图与这堆地图册都显得分外诡异。

换好轮胎后，司机向尾坂部深鞠一躬，又跟二渡点头致意，随即开车离去。尾坂部转过身来，叉开腿站着。看来他并不打算让二渡进屋，那表情仿佛在说：说来听听。

——这是能站在路边谈的事吗？

但二渡无可奈何，咽下一口唾沫。尾坂部搞不好都听见了。

"部长，您到底是怎么想的？"二渡强行撑开紧缩的气道。

尾坂部沉默不语。

"您不退，工藤部长就无处可去了。"

这是二渡酝酿已久的台词。尾坂部退休前对小他三岁的工藤很是关照。

然而，尾坂部还是全无反应。唯用一双深陷的眼眸注视着二渡，仿佛在观察他一般。

"大家都很为难。"

"……"

"不能驳了组织的面子啊。"

这话也是提前准备好的，本以为能戳中尾坂部的痛处。

谁知尾坂部开口道："放心。"

"啊？"

二渡不确定这话是何意，但眼前现出一线光明。

"出不了事。"

"什么？"

"少啰唆。只要翻了篇，就等于什么都没发生过。"

语毕，尾坂部转身便走。

二渡呆若木鸡，只觉得眼前一片黑暗。不，本就不存在什么光明。

他急忙追上尾坂部。

"部长，为什么？请您告诉我，为什么——"

不带表情的脸转了过来："不关你们的事。"

"砰"的一声，前门被关上了。二渡伸出的右手徒劳地挠过半空。

"不关你们的事——"

"你们"指的是谁？是警务课，还是警察组织？为什么要与生他养他的组织为敌？

门灯忽地熄灭。

二渡鼓起全身的勇气，却还是没能按下门铃。

5

"给我滚出去!"

儿时因为偷拿父亲钱包里的零钱被推出家门的悲怆记忆在二渡心头重现。

他只觉得警务课远在天边。

尾坂部当二渡是个替父母跑腿的孩子,一通太极拳打得人如坠云雾。他的真实意图,二渡一丝一毫都没打探出来。

太阳已完全沉入地平线。二渡驱车飞驰于县道,赶往"W公寓"找同年入职的前岛泰雄。

——他肯定很了解尾坂部。

二渡渴求拿下尾坂部的线索,什么样的都行。他知道自己急了,但怒火胜过了一切。

"W公寓"是一栋四层楼高的机关宿舍,得名于住户是W署的主要干部。那块地原本盖了四栋并排的平房,为了高效利用土地,去年春天改建了公寓楼,能住十六户。

"哟——"前岛劲头十足地迎了出来。明明还不到七点,他却已经穿上了格纹睡衣,洗过的头散发出阵阵生发水的味道。

前岛是W署的刑事课课长,这个钟点在家近乎奇迹。之所以能逮着难得的歇班日,并不是因为二渡的第六感奇准无比——他今天实在不想再等人回家了,于是提前给前岛打了个电话,还不忘补上一句:"没什么大不了的事情。"

"进来吧。这会儿家里安静得很。"

家中竟只有前岛一人,说是妻子带着孩子回了娘家。五分钟前接电话的正是前岛夫人,所以二渡颇感意外。不过她不在也好,因为前岛夫妇的媒人就是尾坂部。他们一旦聊起那个名字,前岛夫人怕是会下意识竖起耳朵。

前岛家是典型的机关宿舍房型。晚上用作卧室的客厅里摆着崭新的书桌,看着像刚送到的,钩子上挂着黑光锃亮的书包。二渡心想,原来前岛口中的"小不点"快上小学了?不过几年前收到的贺年卡上提到他家添了老二,也不知"小不点"的称呼变成了什么。

"你最近怎么样?"

声音从厨房传来。只见前岛一手一瓶啤酒,拨开旅游纪念品模样的门帘。

"老样子,"二渡叹了口气,把酒杯推回给他,"我今天喝不了,你随意。"

"听说黑白照片又糊了?"

前岛往杯子里倒酒,咧嘴一笑。

哦……原来刑事部的人是这么八卦的。警务部确实没有把大黑和白田合在一起调侃的幽默感。

"对了,桔梗的老板娘可想你了,说你最近都不搭理人家。"

前岛一如往常。滔滔不绝,东拉西扯,尖酸刻薄,评头论足，却绝口不提正在调查的案件。二渡后知后觉地感慨，他早已成为一把深耕刑侦大地的硬锄头。

警校的同学比亲兄弟还亲。团队精神，连带责任。同吃同住，于公于私皆是亲密无间。一起咬牙熬过严格的训练，互相鼓励，一同落泪，携手发誓为祖国的治安奉献一生。二渡与前岛也不例外。虽然他们有了各自的战场，二渡升了警视，前岛还是警部，徽章上的星星也不一样多了，但只要像这样见上一面，两颗心就会立刻飞回汗臭味扑鼻的警校宿舍。

只不过很快，他们都不再提及"现在进行时"的工作，有种亲兄弟变成表兄弟的落寞。

"部长怎么了？"

前岛红着脸问道。做媒归做媒，在前岛眼里，尾坂部永远都是"部长"。

"哦，就是碰巧遇到了，站着聊了几句。"

听二渡这么一说，前岛兴冲冲地探出身子。

"他身体还好吧？"

"嗯，一点儿都不像退休的人。"

"听说去年查出了肝病。"

"你常去看他啊？"

"逢年过节总要去的嘛，然后每次都要被他训一通——'少在我跟前晃悠，好好查你的案子'。"

前岛快活地笑了笑。

"哦,对了……"他继续说道,"听说他不退了?"

二渡猝不及防,一口气卡在嗓子眼儿。

"嗯——谁告诉你的?"

"哦,我老婆的表弟就在他们协会上班。好像是上周吧,他来我家的时候提了一嘴。不对,搞不好是上上周。"

前岛岂知二渡正是为此事而来,看来W署刑事课还没听说"尾坂部的继任者是防犯部部长工藤"一事。

二渡心生愧疚,却还是接着聊尾坂部。

"他家的小女儿好像要结婚了——"

"嗯,你说小惠吧?定在六月了。"

"六月啊……"

尾坂部惠,二渡早已抄下档案中的名字。毕业于某私立大学,在东京的一家旅行社工作。三十岁——在二渡看来,这个年纪结婚似乎略有些晚。不过时代不同了,三十岁的新娘子早已是司空见惯。

但"六月"这个时间点引起了他的注意。小女儿结婚,对尾坂部而言,这肯定是天大的事。

"你去吃喜酒吗?"

"去啊,那可是看部长痛哭流涕的大好机会。"

"哭?部长还会哭呢?"

"别看他那副样子啊,他可疼闺女了。"

"我可想象不出他哭丧着脸的模样。"

"他这回要是不哭，我把头砍下来给你当凳子坐！他最疼小惠了。那孩子从小体弱多病，又碰上了那种事……"

轻快的说话声戛然而止。

"那种事？"

被二渡这么一问，前岛连连眨眼。

"啊？"

"她碰上什么事了？"

"什么什么事？"

前岛摆出装傻充愣的表情，仿佛在说：我有说过那种话吗？

二渡盯着前岛，但很快移开目光，伸手去拿花生米。他很清楚，自己在刑警面前毫无胜算。

但二渡的大脑高速运转起来。

——这也许就是关键。

这个念头一闪而过。小女儿将在六月举办婚礼，说不定尾坂部是想顶着专务理事的头衔送女儿出嫁。

二渡也觉得这个理由很是荒唐。就算尾坂部老老实实退了，他也是前县警局刑事部部长和工业废料监督协会的前专务理事。他完全可以昂首挺胸地扮演"新娘的父亲"。然而，这终究是旁人的看法。全心全意拼事业的男人的心境，总有些无法用逻辑厘清的部分。

二渡的父亲就是如此。借用当年的说法，他是个典型的"猛烈社员[1]",在拼搏中度过了日本的经济高速增长期,拼出了胃病和肝病。缠绵病榻让他丢了工作,郁郁寡欢,迅速老去。但他唯独没有忘记,每天早上看报纸时先看招聘专栏。

警校的毕业典礼一结束,二渡就飞奔回家。他本想告诉父亲:"我也能挣钱养家了,您就尽管放心吧。"母亲替他开了口:"孩子他爸,真治找到工作了。"父亲却连嘴角都没勾一下,反问道:"……那我呢?"他看着儿子,眼眸中含着既像羡慕又似嫉妒的混浊。

自那时起,二渡便认定"那就是男人的天性"。但他也一直告诫自己:"我不想成为那样的人。"

尾坂部像极了他死去的父亲,所以二渡一直对他抱有厌恶感。但与此同时,二渡也觉得自己似乎能在某种程度上理解他的心思。

直觉告诉二渡,尾坂部对专务理事的头衔并无兴趣。他追求的是"在岗",而非"在职"。而小女儿的婚礼,极有可能是让他的内心世界变得复杂的关键所在。

倒不是他二渡迎合世俗,但三十岁结婚终究是偏晚的,而晚婚的原因与"那种事"有关。对一个没出嫁的姑娘而言,能用"那种事"指代的变故相当有限。"那种事"显然涉及男人,而小惠必然受了委屈。

---

[1] 以公司为家、为公司鞠躬尽瘁的员工。

尾坂部对小惠疼爱有加。受过委屈的女儿终于抓住了幸福，这令他百感交集，想给她无限多的祝福。所以他想戴上"在岗"的勋章，风风光光地送女儿开启人生的新篇章。毕竟对尾坂部来说，这枚勋章无异于他的人生意义——

二渡觉得嗓子干得冒火。

也许这一切都只是他的胡思乱想。但在两个小时前，尾坂部如此说道：

"不关你们的事——"

此事与组织无关。莫非"有关"的是他的家人，是心灵深受创伤的小惠？

做警察的妻子幸福吗？二渡刻意不去想这个问题。他不敢问。妻子与他一起活在名为警界的"村子"里，时刻暴露在内外的注视之下，有时甚至窒息到想放声大吼的地步。所以他常想：绝不能让我的孩子过这样的日子。二渡也有一个上小学五年级的女儿，已经开始发育。此时此刻，她应该戴着矫正牙套坠入了梦乡。二渡只盼着她自由自在地长大，丝毫感受不到父母不得不面对的村落社会的重压，盼着她能飞向无拘无束的世界，过上逍遥自在的生活。

"部长也有一颗父母心啊……"

二渡幽幽道。

那是二渡第一次痛感尾坂部也是一个有血有肉的人，而非刑事部的妖怪。

"可不是嘛！"

说漏嘴后沉默许久的前岛用高亢的嗓音说道，一副如释重负的样子。

"但他退休前也顾不上家里吧？"

二渡此言一出，前岛便又回了一句"可不是嘛"，但这次的语气显然带着几分伤感。

"哎，给我描述描述退休前的部长呗！"

"那叫一个厉害。"

"怎么个厉害法？"

"各方面都不得了。"

"超人？"

"这个嘛——"

前岛略去"你们这些搞警务的是不会懂的"，继续说道：

"比如——罪犯从不回犯罪现场。"

"什么玩意儿，部长的名言？"

"嗯。"

"不是都说罪犯喜欢故地重游吗？"

"还真不会。我们翻了过去十来年的档案，愣是没一个罪犯靠近过犯罪现场。"

"嚯……所以你们都吃了一惊？"

"不是吃不吃惊的问题，"前岛的语气变得认真起来，"一般看警匪片长大的人，都会像你说的那样，认定罪犯有返回犯罪现场的习性。可真犯了事的人呢？他们根本不会回现场，生怕被逮住。你懂我的意思吧？"

"嗯。"

"部长常在私底下提醒我们，刑警代代相传的金科玉律也是有时效的。这年头，传到外头去的刑侦技巧和鉴证知识多了去了，多得超乎我们的想象。有些罪犯甚至比刑警更懂刑侦。总结成一句话，就是刑警不能自命不凡。只有放下自负，才能成为真真正正的刑警。"

在酒精的作用下，前岛变得越发饶舌。他提起的尾坂部的事迹都有趣极了。他衷心钦佩老领导，聊起人家的时候那叫一个津津乐道，看得二渡生出了几分羡慕。

两人互道"再见"，却不知下一次见面会是什么时候。二渡走出机关宿舍。

依旧凛冽的寒风扑面而来，二渡心里却有暖流涌动。离开尾坂部家时的愤怒和窝囊已烟消云散。走这一趟本是为了挖掘说服尾坂部的线索，但此时此刻，他甚至觉得自己也许只是想见见前岛。

正要横穿过机关宿舍的停车场时，二渡忽然停下脚步。一辆眼熟的面包车映入眼帘，侧面缀有花哨的边线。车窗后分明有一张女人的脸，反射着水银灯的白光。而她身边有两颗小脑袋，似乎正在推搡打闹。

竟是"小不点"。车已熄火，车里的人却没有要下来的意思。

——好你个……

二渡回头望向前岛家的灯光。

前岛特意支开了妻子和孩子,好跟二渡单独聊聊。

细想起来,眼下正是人事调动的时节,谁都想尽早知道组织对自己的安排,早上一分一秒都好。动不动?需不需要准备搬家?"小不点"要在哪里上学?

——真是个作孽的差事。

那两个"小不点"是不是去哪儿吃了个巧克力芭菲?

二渡怀着祈祷的心情发动汽车,直到面包车从后视镜中消失才松开油门。

6

二渡很快就查到了和尾坂部惠有关的"那种事"。

第二天早上,二渡现身北楼地下的拘留管理室。佐佐木胜利正对着手上的便条往黑板上写数字。他每天早上的第一项工作,就是给本县各个警署打电话,统计最新的拘留人数。人权组织发来的问询函被拆了订书钉,散落在办公桌上。对方似乎盯上了"官便",也就是提供给被拘留者的盒饭,对其营养价值百般质疑。桌上堆满了相关的书籍,看来佐佐木正忙着处理这个问题。

二渡把佐佐木带去厚生课的小卖部。小卖部深处摆着圆桌，算是个简易谈话区。

二渡兜着圈子打听，佐佐木却连声音都没压低，随口说道：

"那姑娘被人侮辱了。"

二渡哑口无言。

"侮辱"，连专注警务工作的二渡都知道这背后的意思。

五年前，尾坂部惠在县北的露营地遭人强奸。在树林里被陌生男子袭击时，她正在四处寻找可以当柴烧的木头。与她同去露营的是当时的未婚夫。不知两人之间发生了什么，反正婚事到头来还是黄了。前岛提到的"那种事"大略如此。

——真叫人郁闷。

二渡长叹一声。闪过脑海的种种灰暗想象中并非没有"强奸"二字。但得知小惠真遭遇过那种事，他还是觉得胸口堵得慌，跟灌了铅似的。

"抓到人没有？"

二渡稳住心神问道。佐佐木摇了摇头。

"强奸犯用连裤袜罩着头，不是很年轻。线索就那么点儿，一点物证都没留下。他都没留下体液。"

听到这儿，二渡更难受了。

只要罪犯留下体液，就能验出DNA，血型就更不用说了。诚如前岛昨晚所说，尾坂部的判断无比正确。罪犯开始反过来利用警方的侦查取证知识了，甚至有人为了逍遥法外在作案时压制住了男人最终极的欲望。

"那部长当时……"

被二渡这么一问,佐佐木扭头"哼"了一声,那表情仿佛在说:我哪儿知道。

佐佐木在最受瞩目的重案组待过许多年。他深感自豪,认为侦破重案才是刑警的天职。他还是警部补,比同年入职的二渡差了两级,却有几分为此骄傲的心态。谁知四年前,他被突然调走了。他认定,自己是被尾坂部踢了出去。

佐佐木默默喝着咖啡,摆出一副对组织不抱任何期望的神情。每个部门都有一两个这样的人,哪怕迎来人事调动的季节,他们也淡定如常。

忽有笑声传来,二渡望向窗口,只见一群交通巡视员恰好路过,笑得前仰后合,也不知什么事这么好笑。

二渡忍不住去揣摩尾坂部当年的心境。

最疼爱的女儿被强奸了,罪犯迟迟没有落网。而他自己就是侦查工作的最高指挥官——

二渡心头一凛。

他想起了尾坂部的履历。

五年前,正是尾坂部就任刑事部部长的年份。那小惠的案子岂不是和尾坂部没能侦破的女白领奸杀案发生在同一年吗?

二渡转向正要起身的佐佐木,抬手制止。

"五年前是不是发生过一起女白领凶杀案?"

"对，但我没参与调查，是前岛那个班负责的。"

"跟老部长女儿的案子发生在同一年？"

"那年有七起类似的案件。"

"类似的案件？"

"强奸犯没射精的案件有七起，第七起就是你说的女白领凶杀案。"

"是同一人干的？"

"不知道。有'连裤袜罩头'这个共同点，但都没留下物证。"

"可——如果女白领凶杀案是最后一起，那罪犯是同一个人的可能性不是很高吗？搞不好他是因为女白领看到了自己的脸或别的什么原因把人给杀了，怕得不敢再作案了呢。"

"查案子可没你想的那么简单。"

二渡与佐佐木在北楼的入口分道扬镳。

佐佐木懒洋洋地扭着头，走下通往地下的昏暗楼梯。

聊案子时，佐佐木拾回了几分刑警时代的风采。但刑警理应在第一时间心生疑窦：为什么二渡一个搞警务的要打听这种事？他却全然没有要深究的兴趣。

二渡一边上楼，一边思考。他走得很慢很慢，仿佛是在踩刹车阻拦那即将成形的结论。

女白领凶杀案悬而未决，而凶手也许就是袭击尾坂部爱女的强奸犯。四十多年的刑警生涯结束时，凶手依然逍遥法外——尾坂部会作何感想？

结论打从一开始便昭然若揭。

揪出罪犯——

尾坂部仍在追查此案，他还当着他的刑警。他是想赶在六月之前，赶在小惠结婚之前逮捕真凶。

赖着不走的真正原因显而易见：尾坂部在利用"专务理事"这个职位。

尾坂部家围着一圈光叶石楠，并没有停车位。换言之，他没有私家车。他是骑自行车和摩托车走访调查的老派刑警，搞不好都没驾照，所以他需要一辆带司机的公务车。有了车，便能随心所欲前往本县各处。他的"侦查"，离不开协会的车——

二渡想起了秘书处的巨幅白色地图。

那一条条如毛细血管般布满地图的红线，并非为了炫耀自己的工作量。说不定，那正是尾坂部的侦查轨迹。

——不对，等等。

二渡止步于楼梯的转角平台。

那尾坂部具体在做什么呢？二渡没有办案经验，对此全无头绪。莫非他是打着考察非法倾倒的幌子，暗中调查各处的案发现场？刑侦领域确实有"现场百遍"的说法，可跑去五年前的犯罪现场又能有什么新收获呢？难道他是在往返考察地点时顺便做些走访调查不成？

再查又能怎样？案发后，警方肯定派出了百余人不分昼夜地开展侦查。而当时指挥侦查工作的不是别人，正是尾坂部本人。即便如此，罪犯还是没落网。

——事到如今，他还能凭一己之力做些什么？

尾坂部步入深山，孤身伫立于昏暗兽道的画面浮现在二渡眼前。

二渡确信自己终于锁定了尾坂部拒不退位的真相，却怀着万般无奈走完了剩下的台阶。

7

"什么都没查到……？"大黑部长瞪着直立不动的二渡，壮硕的身体压得椅子嘎吱作响，"没查到是什么意思？"

"他什么都不肯说。唯一可以确定的是，他是真不打算退。"

"用不着你提醒！"

大黑将手上摆弄着的几张名片摔在桌上，工废协会的理事与建筑公司的名字一晃而过。

一个多小时前，那几位被召来这间部长办公室。大黑强势出击，让他们开大会逼尾坂部辞职。他们连连鞠躬道歉，却愣是没答应。

每个人都怕极了尾坂部，毕竟他在短短三年前还是县警局的刑事部部长。当时搜查二课收集的所有行业内幕尽在其掌握，而那些事大多未过时效，随时都能发展成刑事案件。一个不小心把人逼急了，反腐风暴怕是又要横扫建筑行业了。每个人的脸上都写满了惧色。

　　白田课长下午要访问某大型食品制造商，为防犯部部长工藤谋个过渡的职位。不然，万一他们没能把尾坂部拉下来，工藤就无处可去了。给个"顾问"的名头，让他待一年就成——白田打算如此恳求企业。奈何今时不同往日，泡沫经济时期也就罢了，现在的企业可不会轻易点头。即便把人塞了进去，本地记者也不会放过这个猛料，他们已经知道组织会将工藤"返聘"到何处。工废协会的专务理事怎么就变成了食品公司的顾问？记者们定会四处打探，拿警界的内部纠纷大做文章。

　　"非得摆平他不可！"

　　大黑咬牙切齿道，仿佛吐出无数铅块。

　　"就剩两天了，威胁也好，找把柄也罢，跟甲鱼似的咬着他不放，直到他点头！"

　　"……"

　　二渡也想逼尾坂部辞职。

　　事已至此，他已无从知晓组织对自己的能力做出了怎样的评估，又是谁引导他走上了这条路。但年满四十二岁的警务课调查官二渡真治早已是一把深耕警务大地的硬锄头，连他自己都对此深信不疑。

"警察"又不只有刑警和公安[1]。不是他二渡嘴硬不服输，而是组织确实需要能够控制组织，为组织积蓄力量，并将其传给下一代的人。发挥这一作用的警务课若有所动摇，组织也绝不会稳定。其他部门常有人不把警务课放在眼里，视其为微不足道的行政部门。将组织拧成一股绳的秘诀和必要条件，就是时刻提醒那群人，警务工作是何等重要。

人事就是警务课的武器，所以他们绝不容许尾坂部造反。

然而，二渡无意向大黑汇报小惠的遭遇。

莫非是武士的恻隐之心作祟？也许是吧。二渡也有女儿，这也是理由之一。还有对只会一味明哲保身的特考组部长的排斥。尾坂部确实惹了事，但那终究是"家务事"，轮不到大黑这个远房亲戚指手画脚。

——这是我们内部的问题。

二渡几乎是被轰出了部长办公室。

走到小办公室，只见上原组长正敲着键盘，悲怆的表情已不复存在。干部的人事拼图已顺利得到本部长的批准，警部补以下的第二批调动已到最后关头。

"挺顺利啊。"

二渡开口说道。上原兴高采烈地弯腰致意，但好像又突然想起了什么，皱起眉头道：

---

[1] 指日本的公安警察，负责维护公共治安及国家安全，所属人员基本为警界精英。——编者注

"调查官,您那边怎么样了?"

忙疯了还问得出这句话,以后肯定能出人头地。二渡感慨着走出办公楼,匆匆赶往停车场。

拿下尾坂部——

唯一的办法,就是扒下尾坂部的盔甲,一把抓住他赤裸裸的心。

二渡决意已定,心生一计。

8

二渡把车停在河岸边的空地,坐在车里等了两个小时。

开着小灯的黑漆轿车在薄暮中驶来。眼看着它打了转向灯,拐进住宅区。尾灯的红光在眼中牵出一道残影。

二渡下车走到住宅区入口,凝视轿车没入的那条路。

——他肯定知道。

过了足足二十多分钟,轿车才原路返回,八成是又换了轮胎。

二渡走到路中间,拦下了车。

毕竟昨天才打过照面,司机很快就认出了二渡。他摇下车窗,点头致意。

"您有什么事吗?"

二渡挂上发愁的表情,指了指身后。

"车抛锚了,能不能麻烦你送我去趟县警局本部?"

司机拉长脖子望向二渡的车,问道:"要不帮您看看?"二渡向他合掌道:"不用了,我赶时间。"司机便点了点头,示意他坐后排。

——很好。

上车后最先看到的便是那堆地图册,少说也有二十本,种类繁多。除了常见的公路地图,还有详细的城区住宅地图,甚至有林业署用的那种山区地图。

二渡装出漫不经心的样子,拿起几本翻看。

这一看,便险些惊呼出声。

每一页都满是红色笔迹。红色铅笔画出的线条伸向四面八方,一如在协会秘书处看到的白色地图。不,地图册里的轨迹恐怕要更详细一些,走过的每一条小路都画上了。

二渡本想再看仔细些,却猛然抬起头来。

与后视镜中的司机四目相对。虽没到怪罪的地步,但能看出他很为难。一看那张脸,就知道这人很是懦弱。因为"头发花白"的第一印象,二渡还以为他的年纪已经很大了,但细细一瞧,搞不好刚五十出头。

没人比司机更清楚尾坂部的一举一动。开车去县警局本部只需十五分钟左右,就看能不能在这十五分钟里问出点什么了。

轿车发动后,二渡立刻与司机攀谈起来。

司机姓青木,一年多前入职协会,之前开过很多年的出租车。岁月不饶人，他觉得上夜班越来越吃力了。协会秘书长宫城手臂骨折的时候，包了青木的车上下班。因为这层缘分，宫城问他要不要来协会当专职司机。青木的准女婿开了家小吃店卖烤鸡串，他本想去店里帮忙，但思来想去，自己除了开车也没别的本事了。说到这里，他微微一笑。

"但是，给你们专务开车，不是比开出租车更辛苦吗？"

二渡抛出这个话题。青木却摇头道：

"不会不会，现在这差事轻松多了，毕竟只开白天。"

"不是得开进深山老林吗？地上还有雪呢。"

"是啊。"

"他是只去有非法倾倒的地方吗？"

"隔三岔五还得开个会，听个讲座什么的。"

"我不是这个意思……"

二渡也就在派出所的时候问过几次话，自是全无章法。前岛会怎么问呢？——这个念头在脑海中一闪而过。二渡切入核心。

"考察的时候有没有顺路去过什么地方？"

"啊？"

"有没有在调查什么东西，见过什么人……"

"……"

二渡读不了青木的表情，因为司机的脸已不在后视镜中。

"知道你们专务原来是当警察的吧？"

"嗯，但也是后来才知道的……"

"地图上的红线代表什么？"

"……应该是开车走过的路线吧……就是去倾倒地点的……"

"都是专务亲笔画的吧？"

"对……"

"画了做什么？"

"……"

"小镇的住宅地图上都有笔迹。谁会把工业废料倒去那种地方？专务不会连开会时走的路线都要记吧？"

"……"

青木沉默不语，掠过镜面的脸全无血色。

——看来是下了缄口令。

二渡明知此人有所隐瞒，却没有撬开贝壳的技术。前岛的笑容浮现在眼前。挡风玻璃后，县警局本部的灯光已近在咫尺。

9

"不好意思，再占用您一些时间。"

第二天一早，二渡截住了正要出门的尾坂部。公务车恰好开到尾坂部家门口。毕竟昨晚才有过那样的对话，青木一看到二渡，面容就僵住了。

尾坂部没有理会二渡，悠然走向公务车。青木机敏地打开车门,他便坐进了后排。

二渡冲上前去,压低嗓音说道:"部长——我理解您的感受。"

他把所有希望押在了这句话上。

他认为自己已经非常接近尾坂部的真实意图了,但尚未掌握确凿的证据,也没能从青木那里问出任何有价值的线索。然而时不我待,明天就要发布第一批调动名单了,事关众多警部级以上的干部。

——老天保佑。

尾坂部有了反应。他注视着二渡的眼睛,眼神中带着试探。过了好一会儿……

"上车。"

二渡深鞠一躬,迅速坐上副驾驶座。

"你想说什么?"

轿车刚发动,尾坂部就开了口。

二渡点了点头,瞥了一眼青木,还故意让尾坂部看到这个动作。片刻后,尾坂部的声音传来:"没关系,你说你的。"

二渡转身面朝尾坂部。措辞必须慎之又慎。

"我知道您还没放下五年前的事。可您都退了,还是交给在任的弟兄们去——"

"什么事?"

尾坂部打断了他。

"就是五年前的……"

"说清楚。"

"就是那起……女白领凶杀案。"

尾坂部一言不发，面不改色，仍是全无表情。但二渡看得出他在盘算，他也许是在试探二渡知道多少。此时抛出"小惠"这个关键词，就有可能一锤定音。但二渡犹豫不决，毕竟青木也在场。

"那案子就快破了。"

尾坂部突兀地说道。

"啊？"

"有物证。"

"……物证？"

"有一根头发，足够结案了。"

尾坂部仿佛在喃喃自语。

二渡大惑不解。

佐佐木说得清清楚楚，罪犯没留下物证。不过，他也说过案子是前岛那个班负责的，不知道有毛发这回事倒也有可能。

然而，二渡的困惑来源于尾坂部第一次表现出的大意。他怎会提起调查机密？照理说，刑警最看重"保密"二字。随口透露机密究竟是为了什么？莫非他是在暗示二渡，查案是在任者的工作，他没在追查女白领凶杀案？

"送你去'公司'？"

尾坂部问道。不等二渡回答，他便吩咐青木："去县警局本部。"

二渡急忙转身。

"部长——您不能不替晚辈们打算啊！"

"……"

"求您了！"

"……"

尾坂部闭目养神。

怒气涌上二渡心头。

"部长，您打算在协会待到什么时候？"

"……"

"令爱的——"

话没说完，二渡却把后半句狠狠咽了回去。说不得，唯有这一句，无论如何都说不得。

尾坂部依然闭着眼睛。青木握着方向盘的手瑟瑟发抖，许是紧绷的气氛所致。

片刻后，轿车滑入县警局大楼跟前的停车点。二渡朝后排探出身子。

"部长——"

"让你放心，听不懂吗？"

"可是……！"

"下车，我很忙。"

轿车撂下二渡，驶向远方。

挫败感充斥二渡全身，外加疲惫感。

——果然坚若磐石，无可撼动。

只剩最后一次机会了。今天傍晚，尾坂部回家的时候。他需要撬动磐石的线索。

——尽人事，听天命。

二渡转身背对县警局大楼，沿大路走向电话亭，推门入内。拨打刑事课课长专座的直通电话，绕过县警局的总机。

"哟，怎么了？"

前岛带着惊讶的声音在耳边响起。

"找你打听五年前的女白领凶杀案。"

电话那头沉默片刻。

"你在'公司'？"

"放心，在外头。"

"想知道什么？也不是什么都能说。"

"你们手里有罪犯的头发？"

倒吸一口气的声音传出听筒。

"……谁说的？"

"尾坂部部长。"

前岛是结结实实吃了一惊，一连问了好几遍："真是部长告诉你的？"

"真有？"

"呃……"

"那是部长信口开河？"

"不，确实有过。但……现在没有了。"

"现在没有了？什么意思？"

"磨成粉了。"

部长的名头堪比尚方宝剑。前岛不再保密，小声嘀咕起来。虽然压低了音量，声音却依然清晰，这也是刑警的绝活。

头发提取自女白领的衣物。只有那一根，既不属于被害者本人，也不属于家属。由于案子查了一年多还没锁定嫌疑人，搜查一课把心一横，将手中唯一的物证——那根头发送去验了血型。鉴定血型需要粉碎毛发，进行化学处理。"现在没有了"就是这么一回事。

毛发做了鉴定便成了垃圾，风险巨大。奈何调查迟迟没有进展，无法锁定可以比对毛发的嫌疑人，唯一的物证又有何用？明确罪犯的血型，至少可以缩小调查的范围，说不定能有所突破。这就是搜查一课痛下决心的理由。

但此事另有内情。更深层次的理由是，尾坂部退休在即。

领导即将退休时，弟兄们总会废寝忘食地调查悬案，"让领导风风光光地退"是刑事部的传统。更何况，女白领凶杀案的凶手极有可能就是强奸了尾坂部爱女的浑蛋。搜查一课在情急之下做了鉴定也是不争的事实。

决意以惨败收场。验出了每十个人里就有四个的"A型血"，代价是搜查一课永远失去了唯一的物证。采集到的毛发是自然脱落的，缺了鉴定DNA所需的毛囊组织，保留一部分有证据价值的检材也成了奢望。

"我也不指望验出个Rh阴性血是吧，好歹是个AB型血呢。"

前岛写满懊恼的声音萦绕在二渡耳畔。

——为什么？

二渡在回本部的路上回想着尾坂部的话语。

明明没有物证，他为什么偏说有？是逞强，还是他最擅长打的太极？莫非……他另有所图？

细想起来，尾坂部说的每句话都让人捉摸不透。二渡甚至判断不出那是深思熟虑之后的台词，还是随口一说。

向站岗的警卫微微点头致意，走进本部大门。

心情与步伐都无比沉重。

——照这个架势，傍晚也得碰一鼻子灰。

二渡走进警务课。本以为会听到部长的怒吼，办公室里却静得诡异。

白田课长快步走来，对二渡耳语道：

"工藤部长婉拒了那个职位。"

二渡看向白田的脸。他在笑。

"说是身体不好。"

"身体不好……？"

"对，所以问题都解决了。"

"辛苦了。"

身后响起低音。大黑同样眼神含笑。

二渡如坠深坑。

"赖着不走"的闹剧落下帷幕。结局来得如此突兀,却又如此圆满。

——不对!

二渡真想大喊一声。

是尾坂部的意思。工藤的婉拒,肯定是尾坂部的授意。

部长办公室里回荡着笑声。

二渡攥紧拳头,想捏碎这从未品尝过的屈辱。

10

"少啰唆。只要翻了篇,就等于什么都没发生过——"

尾坂部所言不虚。

职场重归平静,仿佛那场"赖着不走"的闹剧从未发生过。大黑部长与白田课长也没有再提。

上原组长的心血结晶正式公布,人事调动的季节转瞬即逝。能勉强称得上新闻的,就是那位软着陆成驾照课课长的前S署署长点着头哈着腰来警务课转了一圈。警务课内部也有人员变动,女警齐藤去了W署的刑事课。别看她长得随和,内心却有几分顽固，前岛搞不好也得费点儿劲。

闹剧也在二渡心中渐渐淡去。重建主楼的计划日渐成熟，他忙着协调各个部门，打点县议会，尾坂部的面容与声音都变得模糊了。

但他有时会突然想起：不知尾坂部今天是不是也在路上。

到了六月，他却又惦念起来。有人提起小惠穿婚纱的样子美极了。前岛喝得烂醉，没看到尾坂部有没有落泪。他会不会在婚礼结束后……然而，尾坂部卸任的消息迟迟没有传来。

二渡不禁寻思起来：莫非那些天的骚乱只是一场梦？一眨眼，又过了三个月。

那一天，二渡的心情差到极点。各部门为办公室的面积针锋相对，新楼的图纸迟迟未能敲定。其实泡沫破裂的后遗症使本县的税收直线下降，重建计划本就岌岌可危。

就在这个节骨眼儿上，本厅下发蛮横的通知，要将"防犯部"改成"生活安全部"，"外勤课"则改称"地区课"。连"待命宿舍"这个叫法都要改，说是有损警方形象。

——待命宿舍有什么不好？警察的本分，不就是时刻准备着奔赴现场吗？

就在二渡用头和肩膀夹着电话听筒，往便签本发泄烦躁时，眼角余光捕捉到熟悉的轮廓，"啊……"他下意识喊出了声。

尾坂部来了。他瞥了二渡一眼，和白田课长一起走进部长办公室。

——怎么搞的？出什么事了？

心跳如擂鼓，二渡忐忑不安。

他们只在里面待了五分钟。

一出部长办公室，尾坂部便径直离开了警务课，看都没看二渡一眼。大黑和白田在门边送他，严肃的低音传入二渡耳中。

"怎么连句'给大家添麻烦了'都没有？"

——他要退？

二渡起身穿过办公室，沿走廊一路追去。

——为什么？

他跑下楼梯，冲去楼门。

尾坂部刚坐进开到停车点的黑漆轿车。

"部长！"

二渡扒着车窗喊道。尾坂部转向他。

"部长，请您告诉我，怎么现在又要退了——"

"……"

尾坂部的眼眸中，似乎泛着阴郁之色。说时迟那时快，尾坂部对司机下令："走。"

二渡怔住了。

司机不是青木，换成了戴银边眼镜的年轻人。地图册也不见了。在后排堆成小山的地图册，竟已消失得干干净净。

轿车劲头十足地启动，将司机的年轻体现得淋漓尽致。

二渡呆立在原地。

心跳声回荡在鼓膜。

阴沉的眼神。年轻的司机。消失的地图册——

数道雷光闪过脑海。

散落在脑细胞中的种种信息汇聚起来，恰似被磁铁吸引的铁屑。它们结合成团，勾勒出明确的形状，随即喧哗起来，震撼着他的天灵盖。

——难道？！

二渡甩开目瞪口呆的门岗警卫，冲进大楼，杀向宣传室。

"抱歉！"他跟女警打了声招呼，将订成一册的报纸摊在桌上，看向讣告栏。为提高发行量，各大报社竞相扩充供普通市民刊登讣告的版面。

两天前……三天前……四天前。

二渡瞪大双眼。

——有了。

他又冲出楼去，跑向大马路边的电话亭。见里面有人，便继续往前跑。

插卡的手瑟瑟发抖。

"是我。"

"在'公司'？"

"在外面。"

"怎么了？"

"还是关于那起女白领凶杀案。前岛，我再问最后一个问题。"

"你这人怎么……"

"颜色。"

"啊?"

"那根头发是什么颜色的——"

11

秋意正浓。

精心修剪过的光叶石楠略显消瘦,不甚美观,还是鲜红的新芽最养眼。

"部长,您满意了吗?"

神龛俯视着的日式房间里响起二渡压低的嗓音。

尾坂部着一袭和服。他抱着胳膊,凹陷的双眸直视二渡,一如往常。

唯一的物证是一根白发。前岛没有直接承认,撂下一句"用了美源[1]快速黑发霜"就挂了电话。

青木源一郎死于安眠药中毒。

看用量,可能是自杀——

---

[1] 日本染发剂品牌。

验尸组的警部对二渡耳语道。在派出所时，两人曾是搭档。据说出事的时候，青木的女儿刚度完蜜月回来。警部边说边连连侧首。

"难道是部长逼死了青木……不，搞不好我也是帮凶。"

"……"

尾坂部仍是面无表情，岿然不动。

二渡重重吐出一口气。

他终于明白了，终于搞清了整件事的所有关节。

一切始于巧合。青木被优厚的条件吸引，辞去了出租车公司的工作，成了协会的司机。他做梦也没想到，自己要服务的是个退休的警察。青木本人也说过，他是"后来才知道的"。

尾坂部当然注意到了青木。满大街都是头发花白的人，但他不可能不留意到出现在自己眼前的白发。哪怕只有万分之一的可能，都要追查到底。刑警的天性便是如此。不，他们的相遇真是百分之百的巧合吗？向青木伸出橄榄枝的是秘书处长宫城，因为青木曾接送他上下班。那就意味着尾坂部有可能看到送宫城来协会的青木。青木被协会聘用，会不会有尾坂部在幕后推波助澜？

无论真相如何，"观察青木开车时的背影"成了尾坂部每天的例行公事。然后在某一天，他忽然注意到：青木避开了某个地方，走了另一条路。或是在经过某个地方时，青木表现出了微妙的变化。

而那正是七起强奸案之一的犯罪现场。

罪犯从不回犯罪现场。他们不敢回——

尾坂部起初也是半信半疑，所以他践行了"现场百遍"。宫城说过，尾坂部从一年前开始每天外出考察，而这与协会聘用青木的时间恰好吻合。尾坂部日复一日地让青木开去山区，开进城里，开去四面八方。同时在狭小的车里跟踪青木，监视青木，埋伏青木。七个犯罪现场还牢牢刻在脑海中。青木选了哪条路，开到哪条路的哪一段时有了变化……尾坂部观察着他的举止、眼神乃至呼吸，没有一刻松懈。

这些都被记录在了巨幅白色地图和成堆的地图册上。尾坂部当着青木的面记录行车轨迹。毫无疑问，他试图逐步向青木施加心理压力。唯一的物证做了鉴定，化作垃圾。尾坂部肯定是这么想的——破案的唯一方法，就是动摇青木，将他逼到墙角，迫使他认罪。

岁序更新，青木仍游走于"灰色地带"。尾坂部没能抓住证明其"有罪"的确凿证据，于是决定留在协会，继续调查。

青木呢？

成为专务的专属司机后不久，他便得知尾坂部是一名退休警察。不难想象，他定是胆战心惊。但他无从得知，这个尾坂部就是女白领凶杀案的调查指挥官，还是他强奸的姑娘的父亲，所以他没当回事。案子都过去四年了，警方始终没有查到他头上，他坚信自己不会被逮住。作案时没有射精，连裤袜遮住了脸，头发应该也没落在现场。这份工作比开出租车舒服多了，他肯定舍不得。

当他开到现场附近时，如果有别的路可走，就换一条路，实在绕不开，就屏住呼吸熬过去。尾坂部将行车路线逐一记录在地图上，理由不明。但渐渐地，青木觉察到背后有种被人监视的阴森感。他也想过辞职走人，然而过完元旦，女儿定下了九月的婚期。他需要钱，只得怀着萌发的焦虑继续工作，一拖再拖。青木的心态大略如此。

就在这时，二渡奉命前来"拽下"尾坂部——

尾坂部认为二渡会干扰调查，把人打发走了。但二渡没有退缩，甚至嗅到了闹剧背后的女白领凶杀案。尾坂部不得不做出抉择，是继续监视，对青木施加无声的压力，还是反过来利用意外出现的二渡，将青木一举拿下？

尾坂部选择了后者。见二渡上车后对青木有所顾忌，他抛出一句"没关系，你说你的"，强迫二渡提起女白领的案子，然后使出一手禁招，硬说警方手里有罪犯的毛发，还说"案子就快破了"。这些话是故意说给青木听的。

一无所知的二渡就这么被他牵着鼻子走，成了追逼青木的帮凶。

那日，青木在车里瑟瑟发抖。退休警察和现役警察聊起了自己犯下的女白领凶杀案。他们还胸有成竹道，警方手里有罪犯的毛发，那是无可撼动的铁证。青木定是六神无主，只想立刻辞职。但他转念一想：现在辞职，他们肯定会起疑心。要不远走高飞，隐姓埋名？但那无异于不打自招。他也许会被通缉，下半辈子都只能东躲西藏。老婆怎么办？女儿的婚事呢？青木夜不能寐，服用的安眠药逐日增加。他被尾坂部的幻影吓破了胆。被那双从身后盯着自己的、凹陷的眼眸——

而那双眼眸，就在二渡眼前。

在二渡回归警务课的日常生活之后，那双仿佛是为了射穿人心的眼睛仍继续盯着青木的后背，盯了半年之久。问题是，仅此而已吗？

唯有一件事，二渡无论如何都想亲口问一问尾坂部。

尾坂部夫人跪地上茶。在二渡告辞之前，她怕是都不会再露面了。

待听不到夫人的脚步声，二渡开口问道：

"部长——您逼青木认罪了吗？"

"……"

"他……认了？"

尾坂部闭上双眼，久久没有睁开。

二渡又吐出一口凝重的气。

烟灰缸底部的水反射了柔和的午后阳光，在推拉门内晕出摇曳的光影。

"部长——您接下来有什么打算？"

这句话有两层意思。第一层是"离开协会以后有什么打算"，第二层则是"您打算如何整理心绪"。

"青木死了。"

"……"

"罪犯已经死了，任谁都无能为力了。"

"这是大忌。"

尾坂部平静地说道。

"大忌……？"

"罪犯是不是已经死在天涯海角了——生出了这样的念头，刑警之路也就走到头了。"

"……"

"罪犯还在某个地方逍遥自在地活着，所以才需要刑警——就是这么个道理。"

尾坂部再次闭眼。他仿佛睡着了，脸上却没有安详之色。

直觉告诉二渡，尾坂部没能听到青木的供述。那就意味着，青木仍介于"有罪"与"无辜"之间，会继续活在尾坂部的心里。

二渡告辞离去。

送他出门的夫人深鞠一躬，直到最后都没有起身。

二渡走向河边的空地。

他有一种感觉。

尾坂部也在为青木的死懊恼。

他确信青木就是罪犯，却没有让老部下深入调查。还得为小惠考虑。罪犯被捕的消息，定会将好不容易抓住幸福的新娘拽回往昔的噩梦。

不用逮捕青木，干脆逼得他走投无路，只能去死。也许尾坂部就是这么想的。

可青木一死，尾坂部又后悔了。

铐上罪犯的双手，这才是刑警的职责。

抬头望去，天高气清。

新型直升机的报价单应该已经送到了警务课的办公桌上。

飞行员也一把年纪了。要不要试着自己培养？不，还是从自卫队调人更保险——

二渡朝天空伸了个大懒腰。

——下班了去瞅瞅前岛吧。

啊！……就在这时，他忽然想起一件事。

二渡匆匆回到车上，翻起了鼓得不像样的公文包，应该还在里头。妻子半年前让他代为转交的"小不点"的入学红包，应该还沉睡在包中的某处。

● 陰の季節 ●

地之声

地之声

1

"好天气快到头了,傍晚便会下雨。"FM广播里的"山本"满怀信心道。抬眼望去,远处的天空确实有神似卧佛的滚滚乌云,糟蹋了山峦连绵的景致,盖住了山顶到山腰的秋色。

然而,手握方向盘的新堂隆义更关心时间,而非天气与群山。

他希望能在三点前赶回县警局本部,没想到胃溃疡术后复诊折腾了这么久。县警局主楼已出现在正前方的视野中,奈何有车道因施工关闭,严重拖慢了前车的行驶速度。

所幸他还是在调快几分钟的手表指向三点时将车开进了职员专用停车场,然后爬上铺着碎石的坡道,小跑着穿过市道。在他绕过交通机动队的车库后方时,耳熟的音乐传来,爆音的楼宇广播放起了健身操的伴奏。

每逢这个时间段,平日里威严的本部职员都会重拾本色。有人慵懒地靠着椅背,往布满血丝的眼睛滴眼药水;有人跟着伴奏的节拍,扭动长了赘肉的腰身。只见一位女职员攥着个鲜红的口金包，许是正要去厚生课的小卖部采购甜食。她对现身二层走廊的新堂点头致意，随即冲下楼去，踩出一串透着解脱感的脚步声。

下午三点——在五十岁之前，这也曾是新堂中意的钟点。

今年春天，他迎来了升任警视的第六个年头。如果一切顺利，本该去某个小片区的警署当"一把手"。可就在这个节骨眼儿上，他在上班时吐了血。住院，手术，休养……他在自家的床上收到了更改后的调令。

任命新堂隆义为警务部监察课监察官。

就任也迟了一个月。自那时起，下午三点便成了叫他郁闷的钟点，因为派送邮件的摩托车总是在三点准时出现在主楼的门口。

新堂怀着与己无关的心态感受着松弛下来的气氛，推开红褐色的房门，走进监察课。白手套在深处的课长专座舞动不止，看来今天也来了好几封。

"对不起，我来迟了。"

课长竹上"哦"了一声，翻起眼珠瞥了新堂一眼，但随即将目光移回了手头的邮件。老花镜反着光，让人看不清他的表情。

新堂迅速扫视竹上的桌面。

总共五封。"D县警局本部长收"字样的信封最先跃入视野，不过一看到极具特征的狗爬大字，新堂便猜到寄信人是那位肉铺老板。他每周都会来信投诉，一会儿说警方打击交通违章的做法有问题，一会儿又要求加强商店街的巡逻力度。用"感谢您的宝贵建议"打发打发就是了。还剩下四封，竹上怕是得再琢磨一会儿。

——要不先把那些搞了？

新堂打开柜子，拿出一沓关于奖惩的文件。

所有警察职员的奖惩信息都会汇总到监察课。"奖"好办得很。给破案功臣颁发本部长奖或警察厅长官奖，表彰勤勤恳恳的幕后英雄，让驻守偏远雪乡的片警小夫妻走到聚光灯下。这些行政工作能让同为警察的新堂倍感振奋。

"惩"却叫人郁闷。不，应该说警察职员都坚信监察课的主要职责是打探并调查职员的违规行为，予以相应的惩罚。新堂原本也是如此。"那就是群间谍！"——他也曾这般口无遮拦。

谁知他自己竟成了监察课的监察官。

"新堂——"

竹上一边喊他，一边摘下老花镜。

——来了。

新堂戴上白手套，走向课长专座。邮件跟往常一样，分门别类摆在桌上。三封放左边，一封在中间，另一封则放在右端，与其他邮件稍有些距离。

"这三封是找碴儿的。这封说什么W署的人欺负醉汉，倒也不是什么大事，回头让胜又去查。麻烦的是——"

竹上扬起下巴，示意最右边的信封。

"你看看。"

新堂回到自己的工位。

信封正面写着"D县警局鉴察课收"。字迹带着不自然的棱角,许是用了尺子。邮戳是P市中央邮局的,属于南部Q署的辖区。

翻到背面,没有寄件人的名字。

——匿名举报?

新堂做好思想准备,抽出信封里的A4纸。那是文字处理机专用纸,表面富有光泽。内容也是用文字处理机打印的,三行竖排文字映入眼帘。

Q署生活安全课课长
跟梦梦酒吧的老板娘有一腿
常去69酒店幽会

Q署生活安全课课长……?

新堂一时间都想不起来那人姓甚名谁。在医院度过了调动季确实是原因之一,但更主要的原因在于他长年置身于警备领域。他待过防暴队,做过政要保镖,但不了解生活安全部的人员情况。

不过几秒后,他便反应过来。

曾根和男。

名字与面容连带着绰号直冲他的脑门。

——"这个嘛"不离口的曾根警部……

暗地里的调侃回响在耳畔,仿佛昨天才听到的一般鲜明。"要不把人抓回来审?""这个嘛……""那放长线钓大鱼?""这个嘛……"无论问曾根什么,他都只给出模棱两可的回答,然后跑去署长办公室请示领导。所有下属都咬牙切齿道,此人全无指挥能力。

新堂还是警部的时候,与曾根在片区警署共事过一年。当时新堂是警备课课长,曾根则是防犯课课长——只不过从今年开始,"防犯课"改成了"生活安全课"。曾根比新堂大五岁,所以今年应该是五十五岁。比起绰号,如今大家谈论得更多的是他当警部的年头。D县警局资格最老的警部,原地踏步十七年——

"你怎么看?"

竹上伸长脖子问道。

他问的当然不是对举报内容的意见。纸上总共就三行字,无从判断真伪,据此开展进一步调查才是监察官的职责。

竹上问的是"出处"。

举报者来自外界还是内部?

是外人就麻烦了，这意味着他们需要查明举报者的身份，施以怀柔政策。如果是和酒吧老板娘关系密切的男人出于嫉妒敲下了文字处理机的键盘，那就要介入三角关系，理顺纠缠不清的线头。要是一言不合动了刀子，后果不堪设想。这种事一旦闹得尽人皆知，就不再是曾根的个人问题了，组织的形象也会遭受重创。

然而，站在保护组织的角度看，来自内部的举报反而更为棘手。

若是关乎职务的义愤，监察课自会听取。但藏身于匿名的黑暗，"放冷箭"攻击同事和领导，性质就截然不同了。他们断不能放任这种卑劣到极点的行为。而且这种人往往比外人更懂得利用媒体。他们会屏息凝神地窥视监察课的动向，得不到满意的结果，就向本地媒体告密。对警察组织而言，最可恨的莫过于这种害群之马。

新堂重读举报信，没有任何足以推翻直觉的元素。举报者就在警方内部。

首先，举报信只有三行。外人定会滔滔不绝骂上一通，骂到过瘾为止。毕竟不是恐吓信，无须用尺子或文字处理机掩饰笔迹。监察课的"监"字写成了"鉴"，但外人压根儿就不知道"监察课"这个部门的存在。如果举报者做过功课，把字写错就更不自然了。

"应该是内部的。"

新堂话音刚落，竹上便深深点头，似有同感。

"你去查查。"

新堂起身将举报信复印了两份，收进抽屉，然后拿着装进袋子的原件走出办公室。出门的时候恰好碰上了高级监察官胜又政则。打高尔夫晒得黝黑的脸上长了一双眸光犀利的大眼睛，极具辨识度。

"哟，出事了？"

"呃，也不是什么大不了的……"

新堂含糊其词，走向楼梯。

不能让胜又知道。

哪个课的人见了监察官，手心里都要捏把汗。胜又许是很享受这种感觉，没事的时候也要在楼里瞎转悠。他的嘴不严实，又想时刻彰显自己的存在。万一在去的课里碰上熟人，他搞不好会得意忘形，泄露举报内容。其实之前已经闹出过这种事了，本就不该让这样一个人当监察官。

对曾根的举报未必属实，新堂唯恐他葬身于谣言。

模糊的人影浮现在新堂的脑海中，红脸膛的曾根穿着制服，一本正经。

——至少当年的他不是个坏人。

下午三点的平和已然散去，紧绷的空气填满办公楼的角角落落。

2

　　新堂先去了趟主楼五层的科学搜查研究所（简称"科搜研"）。

　　他请副所长水谷提取举报信上的指纹，又问能否根据打印出来的文字锁定文字处理机的型号。水谷以技术人员特有的冷淡语气回答："姑且试试吧。"

　　也好。从某种角度看，科搜研的职员就是学者和科研工作者的集合体。他们也许会透过显微镜整晚整晚地研究文件上的字迹，却不会有一个人对文件的内容生出兴趣。那是与流言蜚语相距最远的人种。

　　刚出科搜研，新堂便径直前往鉴证课，告诉课长森岛光男："我找科搜研帮了个忙。"毕竟鉴定指纹本该是鉴证课的工作。任职于派出所时，新堂对初出茅庐的森岛颇为关照。森岛虽是粗人一个，却对特意过来打招呼的新堂深深点头。看这架势，他应该不会多管闲事，刨根问底。

　　——谣言杀人，轻而易举。

　　新堂在下楼时再次感叹。

　　本县将于明年初春承办某重大体育赛事，届时会有皇室成员陆续来访。为了做好安保工作，县警局的人事调动也将大幅提前。换句话说，"人事工作在今年秋天启动"几乎已是板上钉钉。如果在这个节骨眼儿上传出男女关系方面的谣言，曾根就只能当一辈子的"警部"了。

在虚构的世界里，警部是当仁不让的主角。他们是警界的门面，集智慧与力量于一身，坐镇前线运筹帷幄。事实也确实如此，但与虚构故事不同的是，现实生活中的警部会一天天老去。年纪轻轻就当上警部的人，必然想更进一步，升任警视。他们想深入组织的中枢，调动大批下属，做部门的掌舵人。只有升了警视，才能担任片区署长、本部课长这样的部门"一把手"。

可曾根呢？十七年过去了，他的"警部风云"仍未画上句号。

在D县警局，能否晋升警视取决于以往的业绩与面试成绩。资历也是重要的参考因素。原则上按资历排队晋升，但原则终究只是原则。具体要提拔谁，全在高层的一念之间。而且警视的空位永远少于排队的警部，所以偶尔也会出现像曾根这样接连被晚辈超越，熬上十年、十五年都听不到"天之声"[1]的警部。

其中固然有因为过去的不当行为被"按住不动"的，但大多数掉队的警部本身并无问题。不是没碰上愿意提拔他们的领导，就是能力过硬却不善表现，要么就是晚辈里能人扎堆，总之，升职有很大的运气成分。虽然曾根的指挥能力被大家批得一无是处，但放眼警界上下，也有和曾根差不多水平的警视。在阿谀奉承这方面，比起曾根有过之而无不及的厚脸皮警视在本部的中枢同样随处可见。

---

[1] 日语中指来自上天的"神谕"，亦指掌权者的意见。——编者注

总而言之，警部是一群通过了数次晋升考试，并昭告天下"自己渴望打入组织高层"的人。就算迟迟升不上警视，也不能将错就错，干脆扎根一线。老资格警部那脚尖点地般的焦躁与苦恼便在于此。

据说到后年，D县警局就要在警视晋升考试中增设笔试环节了。可即便如此，也拯救不了现在这批老警部。对他们而言，这反而是"屋漏偏逢连夜雨"。阔别笔试十余年，终日忙于日常工作的他们，又何来余力对抗那些雄心勃勃、能力出色、沿着组织的阶梯勇往直前的年轻警部呢？

这意味着曾根升任警视的唯一机会，就是明年春天的人事调动。只有这样才能赶在增设笔试之前静候最后的"天之声"。曾根连片区"二把手"都没当过，对他而言，这几乎与等待奇迹并无差别。但警界尚有"温情人事"的说法，破格开恩倒也并非全无可能。

但有人企图将这种可能性彻底清零，这个人十有八九是看不惯曾根的某个下属——

新堂用手掌抵住腹部。自从切除了半个胃，剩下的半个便成了怒气的标尺。

——非要放冷箭，就该对准更强更坏的人。

曾根确实不具备指挥能力，不是当领导的料，但新堂认识的曾根绝不会贬低他人。曾根总是来得比谁都早，走得比谁都迟，从不摆警察的大架子。儿子离家出走的母亲说起鸡毛蒜皮的家务事，他都能随声附和，耐心听上几个小时。如今想来，警察就该是曾根那样，心地善良，尽职尽责。

举报者却在嘲笑曾根，嘲笑他祈求上天，苦等最后的"垂怜"。举报者在黑暗中哼唱着："'这个嘛'不离口的曾根警部……"

然而——如果曾根真和酒吧老板娘有私情，新堂的一片好心就成了驴肝肺。

也许……也许曾根早就断了升职的念想，昔日的善良也荡然无存。夜店的营业许可也归生活安全课管，混夜世界的，谁能不卖他课长的面子。万一他利用课长的头衔追求酒吧的老板娘……

新堂走出主楼，绕去市道，走进D互助协会的自动门。协会也在县警局本部大院，与主楼并排而立。

协会是县警局的外围机构，因此高层有不少"返聘"的退休警官。新堂找熟人查询曾根的贷款情况，并叮嘱对方保密。如果他真在外面养了情人，开销之大可想而知。

查询结果却出乎意料。三年前，曾根以"买车"的名义贷了一百万，但早已还清，档案干干净净。不过这年头，有的是不为人知的借钱渠道，见不得光的钱就更不用说了。互助协会的记录尽在警方的掌握，没在这里贷款，也并不意味着他的生活作风就一定没有问题。

不过新堂还是暗暗松了一口气。如果在这儿查到了猫儿腻，曾根有罪便是板上钉钉。

回到监察课一看，桌上多了一张便条。新堂看准胜又不在办公室的机会，打电话去科搜研。

"没采到指纹。"

冷淡的语气在电话中分外明显。

新堂并不气馁，因为他早有预料。他道了谢，请对方继续调查文字处理机的型号，然后便放下听筒。

——晚上再说。

新堂打开奖惩文件，同时在脑海中把目前任职于Q署的"细胞"过了一遍。

用谁？

正思考时，"间谍"二字伴随着一丝疼痛，在新堂的胸口一闪而过。

3

新堂在本部附近的一家荞麦面馆解决了晚餐。交通机动队的摩托车手们常点他们家的外卖。

面馆的口碑很好，说是"吃多少都不会胃胀气"。摩托车手的内脏时刻遭受着发动机的振动带来的猛烈冲击。对他们而言，这一定是选择餐馆的关键标准。对失去了半个胃的新堂来说，这也是不容错过的传言。

走出面馆时天色已晚，雨点却还没落下。"山本"肯定急坏了。

开车回机关宿舍只需五分钟。

三〇八室没亮灯。新堂掏钥匙开门，却突然停下脚步，竖起耳朵听屋里的动静，有传真机的声音。开灯望去，机器正吐出一行行左低右高的字。那是他早已熟悉的字体。

又忙了一天吧？辛苦了。

复查结果怎么样？

明子特别用功。

模拟考的结果出来了，

在一千个人里考了五十六名。

加奈子

加奈子满脑子都是独生女明子参加高考的事。最近她每周有一半的时间待在东京的公寓，贴身照顾上辅导班的女儿。

——非念英语系不可吗？

加奈子与明子，两人有着新堂百思不得其解的梦想。

传真纸打印完毕，留下一串刺耳的电子音。新堂立刻拿起听筒。

柳一树。

新堂决定用他。

Q署刑事课巡查部长，三十二岁，单身。新堂担任防暴队副队长时，柳在他手下干过两年，工作表现无可挑剔。他不耍心机，情绪稳定，最重要的是口风很紧，直叫人联想到深海中的贝类。

　　柳的妹妹接了电话。听说他的父母走得早，所以上大专的妹妹也住在Q署分配给他的宿舍。

　　毕竟才七点，柳还没回家，正如新堂所料。他让妹妹代为转告，"到家了回个电话，几点都行"，又问了句"家里有没有传真机"。"没有啊……"妹妹讶异的声音萦绕在新堂耳畔。

　　新堂挂了电话，却没放下听筒，而是打给了相熟已久的电器店老板。他让老板明天一早去柳家装台传真机，并叮嘱道"别让旁人看出来"。这也不是头一回了，老板心领神会："我找个吸尘器的盒子装上。"

　　——接下来……

　　新堂在桌上摊开从办公室带回来的住宅地图和黄页。

　　先查"梦梦酒吧"，没翻几页就找到了。按五十音的顺序，"梦梦"应该念"MUMU"。他用手指根据黄页上的地址划过地图，有了，就在P市闹市区的正中央。

　　然后是"69酒店"，找着了。不出所料，"69"念"Six Nine"。酒店在"梦梦"以西五公里处的街边，出了Q署的辖区，归F署管。举报信里的"69"转了九十度，但黄页和地图上的数字都是正着的，看来这才是正确的写法。

酒吧和酒店都是真实存在的，举报内容的可信度似乎上升了几分，这让新堂略感郁闷。更糟糕的是，酒店位于F署的辖区。谁都会刻意避开自家警署的辖区，去别处私会情人。这也为举报内容增添了真实的分量。

十点多的时候，柳的电话来了。

"好久不见。"

他语气礼貌，声色却不带抑扬顿挫，既没有表现出对老领导的怀念，也听不出对突然接到老领导电话的困惑，冷得拒人于千里之外，与科搜研的淡然迥异。

新堂却认为，柳这样的人才是内部调查的绝佳人选。

叮嘱过"此事不得外传"后，新堂简要说明了曾根被举报一事。

"怎么样？你觉得谁有可能搞他？"

"有两个。一个是——"

新堂措手不及。他急忙打断柳，找纸笔记录。

"嗯，接着说。"

"一个是佐贺敏夫——"

新堂在传单背后奋笔疾书。

佐贺敏夫，四十三岁，Q署生活安全课少年组的巡查部长。他与母亲相依为命。由于母亲体弱多病，几乎瘫痪在床，人事部门破例让他留在Q署，二十年没挪过。他辗转于署内各个部门，前年被调入生活安全课。他对去年上任的曾根表现出不加掩饰的厌恶，连话都懒得说。这位Q署的"老油条"完全有可能在背后捅刀子，企图干掉自己看不顺眼的领导。

"还有一个是——"

三井忠，三十四岁，生活安全组巡查长。曾根让他找公寓房东做思想工作，成立一个"出租屋防犯协会"，旨在加强对辖区租户的管控。但房东们唯恐吓跑房客，不愿配合警方。三井一筹莫展，身心俱疲。他本就是个无法融入警察组织的"异类"，据说他五年前还咨询过一家革新派律师事务所，说"警察的工作条件过于苛刻"，引得众人哑然失笑——

新堂的手勉强跟上柳的节奏，他只觉得一股寒意爬上背脊。

柳是去年春天才被调去Q署的，进的还是刑事课，可他对署内人员竟如数家珍。其他课同事的大致情况自不必说，连准确的年龄都能随口报出来。

新堂大受震撼。

柳根本没在当"刑警"。他的心，搞不好还在警备部。

"柏林墙倒塌"后，县警局发生了微妙的变化。高层对长久以来"神圣不可侵犯"的警备部略做削减，把人手调往因重案频发而头疼不已的刑事部。这两个部门素来互不相让，都认定"我们才是真正的警察"，而人员的流动无异于在隔绝双方的高墙上开了一个洞，堪称组织层面的"柏林墙倒塌"。

柳正是因"柏林墙倒塌式调动"离开警备部的人之一。

在新堂手下当了两年防暴警察后，柳被抽调至警备部的中枢——公安课,连同在警备部的新堂都不清楚他在那里执行了什么任务。毕竟新堂常年扎根警备课,做的都是防灾、护卫政要这种"露脸"的工作。公安则不然,以"不露脸"为铁律。连新堂都觉得公安课时刻包裹在重重迷雾中,有时甚至给人以阴森可怖的印象。

不过,他听说过这么一件事。

柳接到线报,称首都圈迫击炮游击伤人案的嫌疑人正潜伏在本县。他单枪匹马暗中侦查了近半年,终于锁定了嫌疑人的藏身之处。正要拿人的时候,却被大举前来的警视厅公安一课截走了——

坊间盛传柳殴打了一名警视厅的公安探员。虽说县警局和警视厅最终达成了和解,但这很有可能是柳被调出警备课的原因。

自那以后,柳辗转于片区警署,当起了"抓贼的刑警"。但他是发自内心地对侦破盗窃案感兴趣,乐意为追捕小偷倾注激情吗?

新堂整理思绪,将注意力转向听筒。撇开柳的内心世界不谈,派他开展侦查,定能事半功倍,对自己百利而无一害——新堂如此说服自己。

"佐贺敏夫……三井忠……他们平时用文字处理机吗?"

"都用。"

"型号呢?"

"署里的都是K牌。"

"问题是家里有没有?"

"我去查一查。"

他的声音透着几分愉悦。在那张能让人联想到能剧[1]面具的苍白面庞上,也许正有笑意浮上薄唇的两端。柳正为自己能参与此次调查而欣喜。

新堂自然而然加快了语速。他命柳调查"梦梦酒吧"老板娘的背景,并搞到她的照片。下达一系列指示之后,他又问柳知不知道Q署的值班安排。

"曾根课长三十日值夜班。"

新堂放下听筒,好似要把恐惧封印在里面。

去Q署会会曾根——柳立刻看穿了新堂的心思,而且他竟将曾根的值班日牢牢刻在了脑海中。要知道,曾根并不是他的顶头上司。

焦虑油然而生。柳暗藏的残忍獠牙不仅能置举报人于死地,更会撕碎曾根的内脏。惨不忍睹的场景真实得超乎想象,浮上新堂心头。

我拿得住他吗——

屋外终是下起了雨。

至少有一个人在为这场雨叫好。但如此快活的念头,也没能驱赶萦绕在耳畔的冷漠声线。

---

1 日本传统戏剧形式,演员佩戴面具进行表演。——编者注

4

雨下到了第二天早上。

新堂先去监察课跟竹上课长打了声招呼,然后便回到机关宿舍。

十点半,柳的电话如约而至。

"传真机装好了。"

"嗯,我先给你传过去。"

新堂将举报信送入传真机。

约莫半小时后,柳发来回信。内容与举报信完全相同,但文字的长宽都放大到了原件的两倍左右。柳用Q署使用的K牌文字处理机重打了举报信,扩大复印后传给新堂。目前还无法排除"举报人使用署内文字处理机"的可能性,所以为保万全,这份传真会请科搜研做比对。

新堂站起身,却随即一惊,将目光移回传真机。它还在吐纸。

嗞嗞……嗞嗞……机器吐出一张女人的脸。

"原件给您快递过去了。"

电话那头的柳如是说。

照片中的女人——"梦梦酒吧"的老板娘——像是正把头伸出店门送客。传真使面部阴影变得分外鲜明,很是扎眼,却不难看出她的样貌相当出众。

新堂的眼睛看着传真机吐出来的纸,心眼却注视着听筒那头的男人。这动作也太快了。传真纸上的照片,意味着柳在昨天深夜去往闹市区,用红外相机偷拍了老板娘。

"进去看过了?"

"没。"

"老板娘的背景呢?"

"傍晚前给您。"

新堂回了一句"交给你了",挂了电话,离开宿舍。他的心中泛起悔意。Q署还有几个值得信赖的"细胞",虽然调查能力不及柳,但也不是不能用。不,他甚至可以直接找Q署的"一把手"或"二把手"求证,像这样公事公办的监察官应该不在少数。

——算了,事到如今再说这些也……

新堂在那家荞麦面馆解决了午餐,却没回监察课,而是去了五层的科搜研。

水谷副所长正百无聊赖地吃着盒饭,新堂请他比对两份传真。"很快就好"——他说完便放下筷子,撂下还剩一半的盒饭,消失在了里间。新堂本以为传真过的文字很难做比对,看来好像难不倒水谷。

新堂也不清楚水谷的"很快"代表多久,便决定回监察课等结果。

"挺忙的嘛。"

胜又主动搭话,似在试探。新堂敷衍了他几句,处理了一些奖惩方面的文书工作。由于胜又在办公室,竹上课长也没让新堂汇报调查进展。

水谷的"很快"是两个小时左右。

"字迹完全不一样。"

新堂轻叹一声。但他至少可以确定,举报者并没有用署内的文字处理机。

"老油条"佐贺敏夫,"组织的异类"三井忠。只要他们中的任何一个家里藏着其他型号的文字处理机——

摩托车的轰鸣打断了新堂的思绪。

竹上已然戴上老花镜,抽出了办公桌抽屉里的白手套。

5

"她在店里自称步美,但真名是加藤八重子——"

当晚,新堂在宿舍听取了柳的汇报。

加藤八重子,三十五岁,离过两次婚,目前单身,家住P市"蔚蓝高冈公寓"八层八〇六室。在好几家小酒馆待过,三年前自立门户,开了"梦梦酒吧"。金主姓大岛,在P市放高利贷——

"有金主啊……她和曾根课长的关系呢?"

"目前还没查到。"

"好,那我来吧。你继续查佐贺和三井。"

新堂如此叮嘱，挂了电话。

眼下他别无选择，只能将"锁定举报者"的工作交给柳。但他不愿让柳进一步打探曾根和加藤八重子之间的关系。

柳的调查无懈可击。也正因如此，如果柳告诉他"举报内容属实"，他就只能默默点头了。他不希望事情发展到这一步。曾根正立足于悬崖峭壁，资格最老的警部晋升警视的最后机会即将葬送于匿名举报者之手。而柳恐怕只会公事公办，对这些内情不屑一顾。用一场冷冰冰的汇报给身为警察的曾根判死刑，是新堂无论如何都无法接受的。

——真要判死刑，也该由我下手。

新堂看向墙上的日历。

扫过一个个日期，他才发现那页还是九月。他起身翻过一页，鲜艳的红叶图案映入眼帘。

十月三十日。柳告诉他曾根这天值班，就在三天后。就挑这一天去吧——新堂下定决心。

"看一眼他的脸就知道了……"

传真机响了起来，仿佛是在回应他的独白。

有没有按时吃药？

——有闲工夫问这个，不如先把日历翻了。

新堂吐出一口浊气，将"九月"那页狠狠揉成一团。上面印着秋高气爽的高原牧场。

6

加藤八重子的美，远超新堂的想象。

第二天，柳的快件到了，里面装着几张照片。虽然是用红外相机拍摄的，画质却清晰得出奇。

——能用。

午后，新堂开自己的车沿国道南下。"山本"今天嗓子不舒服，净放些刺耳的流行歌曲。

路况很好。开出国道再拐过一个红绿灯，就能看到街边的"69酒店"，找都不用找。酒店的外形颇具特色，神似东方小国的神殿。

新堂转动方向盘，钻进用五颜六色的塑料带挡着的"车辆入口"。他很熟悉这种地方。还记得年轻时，片区每每发生涉及男女关系的案件，他都会被派去排查情人酒店，美其名曰"地毯式搜查"。

走进大门，冲柜台喊了声"有人吗？"。片刻后，一个五旬模样的大胡子侧着身子，从扁扁的小窗探出头来。新堂毫不犹豫地亮出证件。

"不关你们的事——"新堂张口便道。

只要一个人在社会上工作赚钱，就难免会遇到一两件要跟警察打交道的麻烦事。所以切入正题前要先明确"此事与你无关"，这样有助于让对方卸下心防。

这招对大胡子同样管用，只见他睡眼惺忪地走出侧门，脸上毫无防备。

"什么事啊？"

新堂没有多做铺垫，直接甩出加藤八重子的照片。

"认识这个女人吗？"

"哦……"大胡子露出"有印象"的表情。

"她经常来这儿？"

"嗯，偶尔吧……"

"那这个人呢？"

新堂立即掏出曾根的照片。那是存放在监察课的档案照，但只留了下巴以上，毕竟不能让人看到那身带着肩章的制服。

大胡子歪头道：

"呃……"

不像是在装傻充愣。

"那她是跟别的男人一起来的？"

"嗯，但经常换……"

"有好几个？"

"谁叫人家长得漂亮呢……嗯？她牵扯进什么案子里了？"

大胡子的脑子开始转了，新堂见好就收。查重案还能申请搜查令什么的，要求酒店提供住客的车牌号和客房通话记录，奈何这次情况特殊。

应该说，能问出这么多已经很不错了。加藤八重子和不止一个男人来过这家酒店，至少大胡子对曾根的红脸膛全无印象。若能证实曾根不曾出入"梦梦酒吧"，便能在报告中写上"此次举报为性质恶劣的诽谤中伤"。

新堂这么想着，回程的心情都不由得轻松了几分。

——就剩举报者的身份了。

新堂回到宿舍。加奈子发来传真，让他打个电话过去。紧接着，传真机吐出一张白纸。那是"请联系我"的暗号。

柳接起电话，语气淡然。

"曾根课长常去'梦梦酒吧'。"

7

十月三十日夜里——

新堂坐上组长驾驶的车，前往片区警署开展突击监察。一线署员对此深恶痛绝，简称其为"突监"。

他申请去南边的五座警署，竹上点头批准。当然，竹上也知道新堂真正想去的是Q署。

在后座摇来晃去时，新堂感到胃里翻江倒海。柳不顾他的叮嘱，仍在调查曾根和加藤八重子的关系。但新堂脑海中也有另一种声音：柳都说曾根常去"梦梦酒吧"了，那就错不了。他心中波涛起伏。

——见一面就知道了。

Q署上下足有两百多人，是本县规模较大的警署之一。五层高的办公楼年头已久，外墙曾一度出现明显的裂缝，所幸去年重新粉刷成了乳白色，顺便修补了一番，勉强守住了南部地区核心警署的面子。

晚上七点半，身着制服、头戴警帽的新堂在Q署门口下了车。刚推开玻璃门，两名年轻职员便迅速起身行礼，动作干净利落。长桌上放着辖区地图，防止暴徒入侵的盾牌也放在该放的位置。第一关算是及格了。

新堂视察了位于一层的交通课、警务课和会计课。办公室一尘不染，桌面也收拾得干干净净。转战枪械库，枪支和备用弹药的数量都与台账相符。

二层、三层、四层……新堂巡视了空空如也的各课办公室。没有忘关灯的情况，窗户也都上了锁。生活安全课同样井然有序。除了课长专座，大多数办公桌上都摆着文字处理机，"K牌"的标志很是惹眼。

仔细查看过拘留室后，新堂回到一层。除了无线电通讯员外，所有值班人员整齐列队，全身紧绷。

"立正！"

喊口令的是当晚的值班负责人。

曾根和男。紧张与亢奋，让他本就发红的面庞越发潮红。

到了检查装备的环节。

"证件！"

十余名值班人员齐齐拿出警察证。新堂逐一检查过后，曾根大喊："归位！"然后是"警绳！""手铐！""警哨！""手枪！"——

曾根接连发出高亢的号令。新堂全程都没让他的脸离开过自己的视野。

想必这就是曾根的本性。该说他忠厚老实，还是不懂得变通？五十五岁的他在此刻表现出的僵硬与恭顺，仍与刚入职的小年轻无异，可悲可叹。

　　曾根课长常去"梦梦酒吧"。

然而在新堂的脑海中，加藤八重子和曾根并不在同一个画框。

眼前这个其貌不扬的中年男人情绪高度紧张，直叫人担心他会不会原地晕倒。这样一个人搞得定深谙种种夜世界花招的靓丽老板娘？新堂无论如何都想象不出他在酒店贪婪享用那具醇熟肉体的画面。曾根确实去过"梦梦"，确实在八重子身上砸过钱，但老板娘完全没把他放在眼里。也许真相就是这般无趣。

检查结束后，新堂看向曾根。

"请准备好车辆的钥匙。"

"车"是最简便易得的密室。新堂与拿着一串钥匙的曾根绕去办公楼后方的停车场。

新堂选了一辆编号为"Q1"的警车。曾根点了火，他也坐上副驾驶座。

"打开大灯。"

"遵、遵命！"

曾根嗓音发尖。

"踩下刹车。"

"明白！"

曾根笨拙地挪着腿。新堂转身回头，看到了浮现于身后墙面的两团红色灯光。一切正常。

新堂注视着曾根油亮的侧脸。

"曾根哥，最近还好吧？"

"劳您挂念！我……我很好。"

曾根愣是没看新堂一眼。他挺直腰杆，直直盯着前方的黑暗。

"别那么拘谨，突监已经结束了。"

"您、您辛苦了！您严格而……精确的监察让我们全体署员深感佩服。"

"曾根哥……"

胸口一阵刺痛。

新堂的职级确实更高，但曾根入职更早，年纪也比新堂大。两人还是老相识。在办公室里也就罢了，私底下独处时，年长者稍微摆摆架子，回上一句"小×你呢？"也是常有的事。警界虽然等级森严，却也并非完全不遵循"以长者为尊"的社会惯例。

曾根却没有倚老卖老，时刻表现出对新堂这位警视的敬意。直到最后，他的表情和语气都没有一丝松懈。

不过，这一点令新堂确信了曾根的清白。曾根的善良与勤谨一如当年，不曾改变。

新堂离开Q署。

他仿佛能听到值班人员长吁了一口气。不，他们这会儿正忙着给南边的其他警署打电话通风报信，说"人刚走！"。下一站怕是已经搞起了大扫除。

回到本部时，已近十一点。

北楼二层尽头的窗口拉着窗帘，却微微发亮。

——忙着呢。

警务课员正挤在那间"人事屋"里，明年春天的人事调动果然已经启动了。

新堂回到监察课的办公桌前，准备写今晚的报告。就在这时，敲门声传来。

"能占用您一点时间吗？"

来人竟是警务课调查官二渡真治。

"今晚的突监情况如何？"

"一般般吧，跟平时差不多。"

新堂谨慎应对。

不难想象，二渡刚才就在"人事屋"里，见监察课亮了灯便来了一趟。可他们之间何来能在大半夜聊的闲事？二渡肯定是看准了这个竹上课长和胜又都不在的机会，特意过来找新堂。这么想才更合情合理。

大家背地里管二渡叫"王牌"。三年前，年仅四十岁的二渡升任警视。单这一点也就罢了，每隔几代就会出一个。但二渡的绰号指的是扑克牌里的"A"，意思是他掌握着人事的生杀大权。

前年的人事调动让他一战成名。时任交通指导课课长的胜又热衷于跟熟识的弹子房老板玩赌钱的麻将，被义愤填膺的下属参了一本，于是胜又就被调走了。谁知一看到调令，众人就吓破了胆——本该被监督的胜又竟成了监察官。这招直叫人拍案叫绝，闻风而动的媒体顿时如堕五里雾中。如果胜又赌博的传闻属实，怎么会被调去做监察官呢？——二渡利用了人们的思维定式，将风波扼杀在摇篮之中。

谨小慎微的白田警务课课长使不出这种狠招，肯定是二渡的手笔。传闻以雷霆之势传遍组织的角角落落，人们从惊讶变为恐惧——

新堂认可二渡的能力，却也心怀抵触。有必要为了保护组织做到这个地步吗？各行各界都有坏人。亲手清除积弊，难道不才是真正意义上的保护吗？

话虽如此，以这种方式与二渡面对面时，年长七岁的新堂都不禁有些忐忑。

五十大关一过，每个人都会盘算一下自己离退休还有几年，能够到的位子还剩几个。新堂升得不如二渡快，却也是四十四岁就当上了警视，称得上同辈中的佼佼者。没能在今年春天当上署长着实可惜，但如今担任的监察官算是个方便疗养的过渡性职位，干个一年就差不多了。那就意味着他还来得及，还有希望在退休之前够到"部长"。

可要是再多耽搁一两年——

据说本部长与警务部部长也对二渡信赖有加。是以部长的身份圆满退休，还是止步于本部的首席课长……也许"王牌"的一句话，就足以主宰一名警察干部的人生。

"对了，监察官——"二渡压低声音，"Q署的曾根警部有什么问题吗？"

新堂那一刻的感觉，仿佛是被人扇了一巴掌。

"呃——"

一时间，他哑口无言。

"……确实有人举报，但八成是诽谤中伤。目前还没查出什么问题。"

"这样啊。"

二渡走得干脆。

脚步声渐渐远去，办公室重归寂静。新堂却仍坐在沙发上动弹不得。

——是谁走漏了风声？

他的脑海中闪过几张脸。竹上？水谷？不。柳？不可能。那就是鉴证的森岛？慢着，我还去过互助协会，搞不好是被胜又打探到了。

莫非二渡有自己的路子？但他常年从事警务工作，培养不出多少"细胞"，不过哪儿都有爱搭"顺风车"的人。二渡将在不久的未来执D县警局之牛耳，有的是人冲着这一点刻意接近。

二渡的"细胞"繁殖到了什么地步？

无论如何，二渡都已经盯上了曾根。这也意味着监察课之外的眼睛开始关注新堂将如何处理此事了。

明年的人事工作已然启动。

此刻的胃将有别于愤怒的另一种情绪反馈给新堂。

8

"佐贺敏夫没有文字处理机。"

几天后，柳汇报了最新调查进展。

"老油条"佐贺可以排除了，只剩下"异类"三井——

新堂下令继续调查三井，挂了电话。可他刚放下听筒，心中便萌生出新的担忧。

柳是如何确定"佐贺家里没有文字处理机"的？是登门拜访时利用佐贺离席的机会四处查看了一番？然而，这种程度的调查不足以确定"屋子里没有文字处理机"。

恼人的法律术语浮现在新堂的脑海中。

擅闯私宅。

佐贺住在自己家，出门上班时，家中便只剩下了卧床不起的老母。确实可行。不，柳绝对干得出来。

——不妙。

柳没有放弃对曾根和加藤八重子的调查。他完全有可能更进一步，在八重子家和酒吧安装窃听器。

而这无疑会增加监察课的工作量。不，没那么简单。曾根的事已经传进了二渡的耳朵，柳一旦胡来，新堂自己的饭碗都保不住。

新堂拿起听筒。他要明确告诉柳，"别胡来"。接电话的却是柳的妹妹。她说柳出门了，没告诉她要去哪儿。

新堂越发坐不住了。

——干脆去一趟？

汹涌的焦虑，促使他将原定于数日后的"梦梦酒吧"实地调查提前到今天。

他打车赶往P市，三十分钟后抵达闹市区。待他甩掉两三个死缠烂打的皮条客，"梦梦酒吧"的花哨招牌跃然眼前。

明明不到八点，店里却热闹得很。酒吧设有六个吧台座，外加五个大小不一的卡座。三个东南亚裔的姑娘穿着神似泳装的小衣服，紧贴着油腻的男人，怎么看都不像是只提供酒水的店。

"哟，新客呀？"

身材丰满的和服女子迎了出来。她约莫四十五六岁，散发着莫名的威严。没看过加藤八重子的照片，肯定会把眼前这位当成老板娘。

新堂任那个和服女子将自己拉到吧台座，顺势聊了一会儿。他假冒保健器材推销员，谎称计划在P市逗留三四天。

一袭红裙的加藤八重子护着用喷雾定型的刘海儿，拨开厨房的帘子闪亮登场。

"欢迎光临。"

果然美艳动人。哪怕不给客人安排近身的姑娘，想必也有许多男人愿意为她捧场。

和服女子使了个眼色，新堂就被夹在了褐色的皮肤之间，磕磕巴巴的日语和火热的气息自两侧飘入耳中。不过这倒是个好机会。此时此刻，八重子正在他面前掺水调酒。

新堂装出忽然想起什么似的样子，掏出手机，拨打机关宿舍的号码。

"喂，是我——曾根先生来过电话没有？"

新堂听着徒然回响的回铃音，凝视八重子的面庞。

"哎呀，我问的是曾根先生啦，曾、根、先、生！"

面不改色。全无反应。

——还真是诽谤？

曾根确实常来这家店，但八重子不知道他的名字。结论显而易见：曾根用了假名。当然，他也隐瞒了自己是警察的事实。他并没有显摆课长的头衔，不过是一个冲着八重子来消费的普通顾客，那就意味着曾根追不到八重子。这么看来，曾根那副绝不会勾起女人兴趣的尊容，反倒救了他一命。

——虽然他肯定在八重子身上砸了不少钱。

"给，算我的见面礼。"

八重子递给新堂一杯酒，用自己的杯子轻轻一碰。

"嗯，幸会。"

新堂饮下兑了水的酒，敏感的胃顿时有了反应。但只要身体允许，他今晚着实想为曾根喝上几杯。

9

曾根没有迷上加藤八重子，也没在她身上砸钱。

十一月最后一周的星期一上午，一锤定音的消息传入监察课。万万没想到，消息的出处竟是宣传室为媒体准备的案件事故新闻稿。

"新堂，看看这个——"

把老花镜架在额头上的竹上课长站起身，递来新闻稿。

"啊！"

昨天深夜，Q署生活安全课在"梦梦酒吧"抓获涉嫌组织卖淫的嫌疑人——

新堂恍然大悟。原来加藤八重子不是曾根的"梦中情人"，而是他盯上的"嫌疑人"。他隐姓埋名出入酒吧，为的是暗中搜集卖淫的证据。

"出了什么稀奇的案子呀？"

一脸好奇的胜又从一旁探出头道。

新堂没有理会，而是凑到竹上跟前说道："发个本部长奖吧。"曾根应该已经在昨晚拿到了署长奖，但新堂想给他上个双保险。干部的人事调动工作已进入冲刺阶段，说不定曾根能借此听闻"天之声"——

消息接踵而来。当天下午，科搜研的水谷打来电话。

"查出文字处理机的型号了。"

语气淡然如常，却透着一丝丝的兴奋与自负。

"是Z牌的'三十六号'，两个月前刚上市。"

"哦，亏你能查出来。"

"运气好罢了。Z牌的附属公司为这款处理机设计了一套特殊的字体。"

"字体？"

"你可以理解成文字的设计特征。他们这个字体在平假名的弧线部分下了功夫，字号很小，也不容易模糊。我就是靠这一点查出来的。"

"谢谢,帮大忙了。"

水谷没有回应新堂的感谢,继续说道:

"再说一点供你参考。那封信里的数字'69'不是横着的吗?"

"嗯。"

"那可能是因为操作者不知道如何在竖排打印时把半角数字摆正,毕竟是刚上市的新机型。还有一种可能是,那人本就不太会用文字处理机。"

今天的水谷格外健谈。不难想象,他的心情一定很好。

新堂跟竹上打了声招呼,驱车赶回宿舍。

他感到神清气爽。曾根的嫌疑已被洗清,文字处理机的型号也查到了,只要能确定"异类"三井忠在家里藏了一台"三十六号"文字处理机,就可以圆满收场。知道了型号,就能通过经销商的记录查找。得立刻提醒柳,让他千万不要莽撞行事。

——好不容易才走到这一步,要是他一通胡闹,那就全完了。

耳熟的声音播报起了"梦梦酒吧"的案件。"山本"挥洒着廉价的义愤,说店里的姑娘都被没收了护照,五个人挤在一间六叠[1]大的屋子里,还提到了加藤八重子的名字。不过主犯是个姓"佐佐木"的女人,四十六岁。

---

[1] 日本面积单位,1叠约为1.62平方米。——编者注

——果不其然。

新堂不禁想起了那晚在店里见到的丰满和服女子。可不是吗？谁见了她，都会认为她是老板娘。那个姓"佐佐木"的女人，才是操控八重子的幕后黑手。

"咦……"

真正的老板娘——

这个词组震撼了新堂。

没错，第一次见到"佐佐木"的人都会认定她是"梦梦酒吧"的老板娘，唯独一人例外。

轻微的晕眩感后，新堂的视野仿佛豁然开朗。

"异类"的身影消失不见，陷害曾根的举报者现出真身了——

新堂把车开进机关宿舍的停车场，缓步上楼。他的胃部传达着沸腾的怒火。

新堂将一张白纸送入传真机。

10

新堂把柳约去一家位于县界Y市的游乐园。

见面的日子定在了星期天。约定的下午两点一到，身着夹克的苍白面庞便飘过携家带口的人潮，出现在摩天轮前。早已在长椅上坐下的新堂也穿着厚夹克。在旁人眼里,那就是两位难得休假却不得不陪家人出游的疲惫父亲。

柳也坐在了同一张长椅上,与新堂隔开足以容纳一人的空间。

"是你吧?"

新堂目视前方道。

"……什么?"

柳也直视身前。

"举报曾根课长的人……就是你吧?"

"……我?"

"不过是一场自导自演的戏码……Q署一旦出问题,我这个监察官就一定会用你。事态的发展也确实如你所料。"

"……"

"我早该起疑了,你从一开始就知道得太多了。佐贺和三井的情况也就罢了,连曾根课长哪天值班你都知道。"

视野边缘的"能剧面具"似是微微一笑。

"好笑吗?"

"……"

"你在电话里告诉我,偷拍八重子的照片时,你并没有进店。"

"是的。"

"你怎么知道她就是老板娘?她的背景明明是第二天才查

到的。"

"我以前去过那家店。"

新堂看向柳。

"我怎么不知道？"

"我认为此事无须汇报。"

新堂把头转回原处。

"那就不绕弯子了——你得知三井忠买了一台Z牌的'三十六号'文字处理机，于是你买了同款的处理机，用它举报曾根。如你所料，我命你暗中开展调查。你接连发回重磅情报，让我措手不及。你本打算在文字处理机的型号浮出水面后抛出最后一条情报——三井忠有这款处理机。"

"为什么？三井和曾根课长与我无冤无仇。"

新堂盯着半空，如此说道：

"你……是不是想回公安？"

这一回，"能剧面具"的嘴角明显勾起。

"你被踢出了警备部，在高层也没有人脉。于是你策划了这场举报闹剧，向我展示自己的能力。因为你料定，有朝一日我会调回警备部。"

柳站起身，直视新堂。

"我，从没把你当成领导。"

11

年关将至。

新堂在Q署发展了一个新"细胞",佐藤武。他命佐藤对柳和三井开展调查,两人肯定都有Z牌的新款文字处理机"三十六号"。慢慢查,查仔细了——新堂如此叮嘱佐藤,但眼看着日历上的数字越来越大,他还是不由得焦躁起来。

柳这人实在危险。他利用了命悬一线的曾根,手段卑鄙,不可原谅。必须掌握确凿的证据,尽快将他逐出警界。对警察组织而言,柳才是真真正正的"异类"。

新年在烦躁中到来。

加奈子在年底回来了一趟,但十二月三十一日便匆匆赶回东京,说明子有个"元旦特训"。

非得这么逐梦不可吗?新堂百思不得其解。

翻看贺年卡时,传真机响了。本以为是加奈子的例行问候,新堂便撂着没管。一个多小时后,他才发现传真机吐出来的是白纸。

新堂连忙拨通佐藤的号码。今天是一月三日,肯定是佐藤利用拜年的机会打探到了情报。

"是我。查到了?"

"查到了!柳和三井好像都没有Z牌的文字处理机。"

"……'好像'?"

"至少没放在看得到的地方。"

新堂放下听筒。

确实也只能查到这一层了。机器若是被藏在暗处,根本无从找起,搞不好已经扔了。只有在自导自演的剧本中,才能断定"有或没有"。

——不……不对。

这一结论并不适用于三井忠。他不知道自己背上了"举报者"的黑锅,又怎会把文字处理机藏起来?那就意味着,佐藤应该能在三井家做客时有所发现。

——他真的没有?

怪了。如果三井没有"三十六号",柳的计划便成了空中楼阁。毕竟那是一个"只有提前准备好答案"才能付诸实施的计划。

——到底是怎么回事……?

那晚,新堂辗转难眠。

许是清晨时分。

疑念的小碎片,落入寂静无声的心湖。片刻后,道道涟漪化作惊涛狂澜,将新堂赶下床去。

伴随着铺天盖地的光芒,突击监察中的一幕在他脑海中炸裂。水谷的声音反复敲打着他的耳膜。

新堂满怀绝望,沐浴朝霞。

另一部剧本赫然呈现在眼前。

12

新年的装饰尽数撤下,新堂终于行动起来。

夜幕低垂时,他按下了某机关宿舍的门铃。

开门的女主人素面朝天,头发扎成一束。新堂报上姓名后,她似乎吃了一惊,小跑着消失在里间。新堂看见她抱着个纸板箱穿过远处的房间,里面装着转向灯的零件。这一带的宿舍边上有某摩托车厂商的分包工厂,不少警察家属会接点组装零部件的零活补贴家用。

片刻后,诚惶诚恐的男主人现身了。

被请进屋里的新堂从怀里掏出一张纸,放在榻榻米上,再推到对方膝前。

"还给您。"

Q署生活安全课课长
跟梦梦酒吧的老板娘有一腿
常去69酒店幽会

曾根和男的红脸膛越发红了。

新堂无法直视那张脸。

举报风波是曾根的独角戏。他举报了自己，引来监察课开展调查。先将自己置于污蔑的聚光灯下，再以"捣毁卖淫窝点"逆转翻盘。

想必是他鬼迷心窍，企图用自己的双手争取高层的"天之声"。魔怔在某个时间节点变成了豪赌。十七年的岁月，何其漫长——

遥想那日的突击监察，只有曾根的办公桌上没摆文字处理机。科搜研的水谷推测，打出那封匿名举报信的人不太会用文字处理机。两条线索的交点正是曾根。不，这些都无关紧要。

新堂羞愧难当。

对柳的怀疑明确指向了自导自演的剧本。明明都想到这一层了，怎么就没有想到资格最老的警部心中，也可能有同样的盘算？

新堂也是越过曾根升上警视的人之一。他从不回头看自己超越的人，时刻目视前方，盯着跑在前头的强者。

所以他才没察觉到。没察觉到曾根不惜昧着良心玩弄，却拙劣到引人怜悯的计谋——

曾根瑟瑟发抖。低垂的头颅、膝盖、手指……好一具诚实得可悲的身体。

门楣上挂着浆得笔挺的制服，警部的肩章散发着暗淡的光。

纸糊的推拉门上印着水渍,打开那扇门,一切便尘埃落定。Z牌"三十六号"文字处理机就在里头。

"曾根哥——"

"不!"

曾根大喊着向前扑去,颤抖的双手小心翼翼地裹住那封举报信。

曾根的额头蹭上榻榻米。

"不……不是的……不是的,新堂长官……不是您想的那样……"

那是"地之声"。

那是持续十七年来不得"天之声"垂怜的"地之声"。

13

两周后,涉及警部以上干部的第一批人事调动下达了内部通知。

新堂在监察课拿到了调动名单。他先翻到最后一页,这还是他第一次先找别人的名字。

"晋升警视"……共七人……曾根和男的名字不在其列。

——还是没成啊。

新堂泄了口气,往回翻。

——嗯？

翻过一页，一页，又一页。他的手指发颤。

找不到，通知里也没有新堂的名字。

——原地踏步。

脑海中闪过这个念头的刹那，他的胃便呻吟起来。

"今年还是我俩搭。"

胜又脸上甚至带着笑意。针对赌博的惩罚还没有到期，他心知肚明，又岂会灰心丧气？

新堂申请早退，来到走廊。

胃里翻江倒海，怒气横冲直撞。

警务课开着门，二渡坐在靠里的办公桌前。见新堂现身，他微微点头致意。

——二渡……

新堂瞬间参透了一切。

曾根也给警务课寄了举报信，不如说警务课才是他的真正目标。只给监察课寄，消息也许就传不到手握人事大权的警务课了。警务课不知情，捣毁卖淫窝点的惊天逆转就无法收获奇效。没错，寄匿名举报信去监察课，不过是为了烘托紧张的气氛。

二渡看穿了曾根的独角戏，也发现了新堂没有深究。

部长的交椅就此远去。

又不是为了那个位置才当的警察。放过曾根，也是出于自己的信念。然而——

他定会在怨恨中度过余生，怨恨那位心地善良、兢兢业业的红脸膛警部——

最终，怒火转向了自己的心肠。

新堂开出停车场，却也无处可去。

柳的"能剧面具"浮现在眼前。焦虑的加奈子和难以取悦的明子在脑海中一齐闪过。所有人都是那样遥远，仿佛远在天边。

唯有"山本"近在咫尺，还胸有成竹道，傍晚铁定要下雪。

新堂狠狠关闭广播，顺势揪住胃部。

——明明只有半个，别疼得跟个整胃似的。

车在县道与邮递员的摩托车交错而过。

不用看表都知道，下午三点将至。

● 陰の季節 ●

黑线

黑线

1

"无故旷工……？平野吗？"

D县警局警务课。分管女警的七尾友子组长不禁反问。

"对,就是平野瑞穗,刚立功的那个。"

电话那头的声音怫然不悦,出自鉴证课的森岛光男课长。

机动鉴证组的平野瑞穗巡查没来上班,从早上到现在音讯全无。

友子抬眼望向挂钟。

——这都十点半了!

"是不是病了……？宿舍那边问过没有？"

"打电话问过了。宿管说她是照常出门的,七点半就开车走了。"

"这样啊……好,我过去看看。"

"靠你了啊,小友号。"

约莫十五年前,友子也在机动鉴证组待过一阵子。她对气味格外敏感,于是当时的组长森岛照着警犬的命名套路给她起了个绰号——"小友号"。如今她已四十有二，唯有森岛还乐此不疲地用着这个叫法。

友子放下听筒，却仍是半信半疑。

平野瑞穗，二十二岁，入职第五年。她是个小脸美女，五官颇具现代感，但眸色与发色偏棕，"色素浅"说的就是她那种情况吧。总之，是个整体气场偏清淡的姑娘。

但她有一颗坚韧的心。她向往女警这份职业，最终也坚持初心，如愿从警。她性格耿直，帮助他人的心意不掺一丝虚假。对警察组织而言，如今没有比她更难能可贵的人才，无关性别。

这样一个人，怎会无故旷工？难以置信。她已经习惯了鉴证课的节奏，而且干劲十足，觉得自己的工作很有价值。更何况，今天对她有着特殊的意义。正如森岛所说，各大媒体都报道了平野瑞穗巡查立下的"大功"。

"七尾组长，你过来一下——"

声音从身后不远处的办公桌传来。

二渡调查官垂眼看着关于瑞穗的报道，森岛与友子的对话声显然传进了他的耳朵。其实友子早已闻到重回自己身后的低调发蜡味，只是今天早些时候，二渡刚驳回了她拟定的女警配置调整方案，友子的情绪还没消化完，暂时不想跟他打照面。

然而，情况由不得她再躲下去了。

二渡的办公桌上摊着本地报社的早报，社会版中央那喜气洋洋的标题映入友子眼帘。

"女警立大功""画像高度相似""飞车抢劫犯落网"——

报道的内容大略如下：

昨天早晨，古稀老妪在私铁M站附近的街头遭遇飞车抢劫。平野瑞穗巡查赶赴现场，根据受害者的描述绘制了嫌疑人画像。警官们拿着画像在周边地区走访调查。在附近开店的一位店主称，他见过一个"和画像长得一模一样的人"。不到一小时，警方就逮捕了家住车站后方的二十岁男子。

看来昨天没发生什么重大案件。明明是一篇对警察形象营销味浓重的报道，却占据了颇大的版面。

报社还把嫌疑人的照片与画像摆在一起，仿佛是在强调两者的相像。下方还附上了一小张瑞穗的照片。昨天傍晚，森岛在记者俱乐部[1]介绍了瑞穗的事迹，并向各路媒体提供了画像及相关资料。

"你可真厉害呀！太棒了！"友子昨天午休时便冲去鉴证课道喜。瑞穗连连道谢，兴奋得像个高中生。友子还答应她，周末要请她吃豆沙凉粉庆祝庆祝。这才过去一个晚上，怎么就无故旷工了呢——

二渡抬眼问道：

"之前有过吗？"

---

1 日本特有的一种组织，由各大媒体结成，成员记者常驻各级政府部门及业界团体等组织机构。加入记者俱乐部的媒体能够获得第一手信息，同时也承担宣传工作。——编者注

"从没有过。她不是那种会无故旷工的人。"

"那是怎么回事？"

二渡直视友子。在他那背朝窗口的瘦削轮廓中，唯有犀利的目光格外显眼。

"我也没头绪……"

话虽如此，但友子的脑海中已然浮现出好几个散发着危险气息的字眼。

纠纷？事故？案件？

二渡抱起胳膊，沉默不语，又从头看起了那篇报道。也许他和友子想到了一处。一早看报时，他也有种"哪里不太对劲"的感觉。

"嫌疑人曾是飞车党头目——"

不会吧……哪有飞车党敢跟警察对着干。但也确实有些混账不把女警当警察。昔日老大因瑞穗的画像被捕，数十万份报纸刊登了这条新闻，瑞穗的长相和姓名也被公之于众。

总之，瑞穗在这样一个对她有特殊意义的日子销声匿迹了。"此事非同小可"的焦虑在友子心中不断膨胀。

"我去宿舍看看。"

"留下平野的车型和车牌号再走。"

二渡此言一出，友子的表情顿时一僵。

通报各署协助排查？不，也许真有必要做这样的安排，以防万一。

友子递上写好的便条，快步走出办公室。二渡的声音在她的背后响起：

"有消息了就立刻通知我。"

二渡的表情很是严肃，怕是也在脑海中勾勒出了若干种骇人的想象。这位精英警视比友子大两岁，是众人口中的"人事幕后掌权人"，但他从不大张旗鼓地行使强权。不过他确实有着与中性的外表并不相符的顽固，也无疑是对组织危机管理最敏感的人之一。

友子在更衣室里换上便装。因为她觉得，去过宿舍以后搞不好还得去别处打探消息，穿着制服多有不便。

贴在储物柜门后的小镜子忽然映出一张中年妇女的脸，但她全无畏缩，修长的眼睛和轮廓姣好的嘴角仍有魅力。从十八岁那年起，这面镜子便忠实映照着友子的喜怒哀乐。日渐松弛的肌肤也好，眼角的皱纹也罢，她都可以毫不掩饰，坦然面对。

她是D县警局唯一的女性警部，更像是四十八名女警的大姐和母亲。要知道规模小的片区警署都没这么多人，哪有闲工夫摆弄自己的脸。

友子走出主楼，匆匆赶往停车场。

——别慌，不会是案件的。

习惯成自然，友子先如此驱逐在心中翻腾的焦虑和恐惧。投身警界这一"男性圣域"已有二十五年，没人比友子更清楚，女警的头号劲敌，正是内心的脆弱。

2

开车狂飙十五分钟后,友子在女警宿舍的停车场拉起手刹。

宿舍最讲究低调,所以这栋房子乍看与寻常公寓无异。D县警局要求女警在警校毕业后住五年宿舍,宿舍严禁男性入内,且女警晚上十点前必须回房。严格的人员管理确实是警察的优良传统,但若是在这五年里找到了合适的结婚对象,厚生课也很乐意将女警的"管理权"交给她的丈夫。当年的友子便是如此。

友子在门口喊了一声,宿管初田敏江便冲了出来。

"七尾警官,有瑞穗的消息吗?"

"还没有。"

"唉……这可怎么办啊……"

敏江应该比友子大一轮左右,已是奔六的年纪,膝下无子。十二年前的夏天,任职于防暴队的丈夫被暴怒的强盗捅了一刀,壮烈殉职。警务课安排她来女警宿舍当管理员后,她就全身心扑在了这份工作上。

每每见到敏江,友子的心口都会隐隐刺痛。友子的丈夫也是警察。他深耕警备领域,前途似锦,却在三年前撒手人寰。虽不是因公殉职,但友子常想,搞不好那就是现在人们常说的"过劳死"。

友子随敏江走进餐厅。晚餐要用的蔬菜分门别类摆在桌上,整整齐齐。

"那孩子连早饭都没吃就走了——"

"不好意思，今天我不吃早餐了。"早上七点半，瑞穗留下这句话，离开了宿舍。她平时也是这个点出门上班，身上的乳白色连衣裙也是她常穿的通勤装。她的妆容很淡，没有精心打扮过的痕迹。不过敏江说，她看起来有些无精打采。

"昨天呢？"

"回来得有点晚。但您也知道的，清早半夜出任务是常有的事……"

友子点了点头。本县一旦发生重大案件，机动鉴证组就要赶赴现场。他们的主要任务是采集指纹、脚印和遗留的痕迹物证。瑞穗也要坐着面包车东奔西走，"绘制画像"不过是次要工作。

据说瑞穗昨晚是十点多回来的，稍微超了点时。她在走廊上隔着管理员办公室的房门道了一句"不好意思我回来晚了，晚安"。敏江回了句"回来啦"，可开门一看，瑞穗已经不见了，唯有脚步声从楼梯处传来，而且声音里全无往日的活泼。敏江心想：哦，她肯定是累着了。

友子想不通。

照敏江的说法，瑞穗昨晚便已是没精打采。怎么会呢？她白天刚立下大功，高兴得像个撒欢儿的孩子，那纯真又兴奋的神情还历历在目。

那就意味着变故发生在那之后。在她回到宿舍的晚上十点之前，发生了某件将喜悦彻底抹去的事。

能抹去千欢万喜的事情……足以抵消激动的打击……

男人——友子的脑海中最先浮现的，便是这个字眼。

"平野有男朋友吗……？"

"男朋友？哪能啊，那孩子比谁都规矩，不像是外头有男朋友的样子。"

敏江断然否定，听得友子心里不是滋味。

敏江和瑞穗的亲密叫人生妒。友子自认比谁都坚信瑞穗的洁癖，但在散发着慈母气场的敏江面前，她会不由得意识到自己正站在管理者的立场问话。不，是敏江刻意造成了这种局面。敏江的眼神无时无刻不在诉说：我们都失去了当警察的丈夫，可你好歹还有个儿子啊！宿舍里的姑娘就交给我吧！

餐厅的挂钟敲了一下。

——十一点半了。

瑞穗离开宿舍已有四个小时，直到现在都杳无音信。十有八九不是出了交通事故。虽然还不能排除她被卷入案件的可能性，但友子对"飞车党"的担忧在听完敏江的叙述之后迅速消退。瑞穗昨晚就有了变化，将她的欢喜变成沮丧的那件事，很可能与她的失踪有关。

——失踪？

友子被浮现在脑海中的单词吓到了。不是"无故旷工"，而是"失踪"。搞不好真是失踪了。不光是今天，也许等到明天后天，瑞穗也不会来上班。

女警失踪——

友子起身道：

"麻烦带我去平野的房间看看。"

敏江点了点头，正要走向管理员办公室，却又像是想起了什么，停下脚步，掏了掏围裙的口袋。拿出的钥匙上挂着"六号房"的标签。

"您已经进去过了？"

"嗯，想看看她有没有留字条什么的……可房间里什么都没有。"

桌上会不会有写着缺勤理由的字条？友子也是这么想的，所以得知瑞穗并没有留字条时，她不禁暗暗失望。但房间里兴许有别的线索，至少应该进去看一看。友子抖擞精神，走向楼梯。

她熟门熟路。女警搬家需要她到场监督，她也会定期访问宿舍的每个房间，倾听年轻女警的烦恼与怨言。可她有没有切实履行自己的职责呢？事实摆在眼前，瑞穗不辞而别，没跟友子吐露一个字。而友子也全然想象不出她失踪的理由。

二楼，六号房。"平野瑞穗"和"林纯子"的名牌并列于门口。她打开门锁，走进房间。空气忽动，撩动鼻孔。

——香水？

进来的若是旁人，还真不一定能注意到。友子却闻到了一股香味。虽然很淡，但能清楚地辨认出是香水味。对友子而言，这是会勾起厌恶的"气味"之一。

万万没想到，迎接自己的竟是香水味。友子困惑不已，瑞穗和室友林纯子都从没让友子闻到过香水味。无论是她们身上，还是这个房间，都没出现过这种气味。

穿过卫浴所在的公共区，右手边就是专属瑞穗的小房间。友子转动门把手，怀着忐忑推开门板。

香味的浓度陡增。香水是瑞穗的——

小瓶就摆在过家家道具似的梳妆台上，是"香奈儿N°19"。

友子对香水并不熟悉，因为她自己不用。但这款香水实在出名，连她都知道这是男人常会送给女人的礼物。

——还真扯上男人了……

友子长叹一声，随即环顾房间，仿佛是想甩掉杂念。

墙上布满了"脸"。

男演员、女演员、综艺明星、主播、谐星……墙上贴满了经常上电视的人的画像。第一次看到这幅"群像"时，友子也是感叹连连。

瑞穗确实用功。

"根据受害者和目击者的描述绘制的画像比传统的蒙太奇拼图[1]更接近嫌疑人的实际形象"，这点已成警界的共识。如今，各地的警察都会采用这种搜查方法。瑞穗是D县警局的第三代"画像女警"，不过她的画工比两位前任出色得多。鉴证课也有意栽

---

[1] 从数千张人类面部元素照片（包括头发、眼睛、鼻子、嘴巴、脸形等）中选出符合受害者或证人描述特征的，拼成一张嫌疑人照片。

培，将她送入了某著名画家门下，她每周都要去城里的绘画班上两次课。

功夫不负有心人。

任谁看了那幅前飞车党头目的画像，都会为其传神而惊叹。瑞穗没有辜负鉴证课的期望，也为自己挣来了荣誉。友子与有荣焉。自己看大的小朋友通过不懈努力收获了硕果，岂能不为之自豪？

然而，满墙的"脸"，梳妆台上的小瓶，哪一个才是瑞穗此刻心境的真实写照？

临走时，友子问敏江：

"平野出门的时候喷香水了吗？"

"香水？我倒是没注意……可她从来都不用香水的啊。"

敏江的头往前一冲，动作中带着几分挑衅。淡淡的化妆品味随之飘来。

友子赶回县警局本部。林纯子在交通企划课做内勤，她这个室友肯定知道些什么。比如香水，又比如……男人。

——可是……

红灯前的短暂停留，让友子生出了一个疑问：瑞穗穿的就是平时上班穿的衣服，妆也很淡，不像是精心打扮过。那香水该作何解？

不，按瑞穗的性子，就算她真和男人有约，也不会把自己打扮得花枝招展。如果她和对方关系密切，本也没必要刻意打扮。

绿灯亮了，友子踩下了油门。正午已过，时钟的指针正一刻不停地将瑞穗的无故旷工改写为失踪。

3

见友子穿着便装现身，林纯子似乎吃了一惊。

友子把人带出交通企划课的办公室，走到中庭的长椅。并肩而坐时，颇有些俯视纯子的感觉。两人的身高都达到了入职要求，可想而知纯子的腿长得出奇。她膝头规规矩矩地并拢，可爱的双眼皮肯定很讨异性的喜欢，眼神中透着对被突然叫出来谈话一事的困惑。

纯子对瑞穗的无故旷工一无所知。

"不会吧——她明明换了上班穿的衣服啊！"

"我知道。你们是一起出的门？"

"不，我走得稍微早一点。"

"当时她有没有什么不对劲的地方？"

"不对劲的地方……？没有啊，跟平时没什么两样。"

"昨晚呢？"

"哦，我昨晚睡得早，都不知道瑞穗是什么时候回来的。大概是睡得太死了，一点儿动静都没听到。"

纯子是那种说得多了就原形毕露的类型。除了问不出新线索的烦躁,还有恨铁不成钢的急切,急得友子直想跺脚。

纯子进警校的时候,友子恰好在当助教。"你可千万别混成吉祥物啊!"之所以在毕业典礼那天如此叮嘱,就是因为友子感觉到了她有那方面的"潜质"。

怕什么来什么,如今的纯子正是交通企划课的吉祥物。领导对她交口称赞。端茶送水,跑腿打杂,聚餐时陪酒赔笑……哪怕在上班的时候,她也时常露出一口引以为傲的白牙,仿佛忘记了自己正穿着制服。

这也是一种活法吧。在男人占绝大多数的封闭社会,这种活法也许会更轻松一些。可女警不是你自己选的路吗?不求你跟男人争个头破血流,可好歹要在这个组织里开辟出一片能让自己昂首挺胸的立足之地吧?这样能为日后入职的女警铺平道路,也能让组织内部的"女警无用论者"无从置喙。

纯子看见了远处的少年课女辅导员,便在身前微微挥手。也许她正用表情暗示对方:被老妖婆逮住啦!

友子抖擞精神,切入核心。

"她有瓶香奈儿香水吧?"

"啊?……呃……"

纯子一脸为难,这说明她掌握着与之相应的情报。一旦让她陷入了互相袒护的少女情怀,就很难扭转局势了。友子略略起身凑近纯子,险些被洗发水的气味呛到。

"我在找她,需要线索。懂我的意思吧?"

"嗯……"

"那就告诉我。香水是她自己买的——还是别人送的？"

"听说是别人送的……"

"谁送的？我不会说出去的，告诉我。"

纯子无奈地叹了口气，放弃挣扎。

"她说是个报社的记者送的。"

"啊？"友子一阵眩晕。

记者和女警。那是组织最厌恶也最恐惧的组合。

友子压低声音：

"他们在谈恋爱？"

"不是不是，听说是那记者埋伏她来着……"

又是一通东拉西扯，所幸友子的头脑以最短的路线串起了所有要点。

单恋瑞穗的记者在一个月前的某天夜里埋伏在宿舍停车场，看准机会送了她香水，说是去国外出差时带的纪念品。瑞穗当然不肯收，但记者硬是把东西往她怀里一塞，转身就跑。瑞穗纠结了好一阵子。怎么办啊？是不是该还给人家呢？……纯子说，瑞穗找她商量过好几回。

友子呼出一口浊气，同时问道："那个记者叫什么？"

"呃……瑞穗说她不知道。"

瑞穗告诉纯子，她不知道记者的名字，也不知道他在哪家报社工作。但出现场的时候难免会遇到，所以记得对方的长相。

"不过吧……瑞穗可能没跟我说实话。因为她嘴上嚷嚷着'愁死了',但还是有点开心的。"

说这话时,纯子的眼眸既透着淘气,又写着刻薄。

还得留时间上厕所补妆。友子在午休结束前十分钟放过了纯子,走向主楼。

香水。记者。无故旷工。

线索仿佛能连上,又仿佛全无关系。

太突兀了。送香水是短短一个月前的事,就算两人因此越走越近,瑞穗也没有理由销声匿迹。无论警方多么厌恶记者和女警的组合,这两种人在一起终究没有触犯社会的禁忌。只要瑞穗辞职走人,就能圆满收场。

但"恋爱"二字还是令人生畏。男人和女人的关系,有时会催生出远超旁人想象的麻烦。

友子几乎已将"案件"二字抛到脑后。她也知道"女警失踪"非同小可,却也无法再糊弄自己了。"被瑞穗辜负"的感觉,在她心中不断膨胀。

无论出于什么样的理由,瑞穗都是自己做出了决定,自愿选择了消失。既然如此,找到她的下落,再把人拽回来又有什么意义呢?

友子在更衣室里换回制服。

第一次穿上这身制服时的喜悦记忆犹新,每次更衣时油然而生的自豪感也从未褪色。但她也迷茫过。不,应该说此时此刻,迷茫仍在心底。有淡淡的恐惧：这身制服是不是有点土？也有隐隐的醒悟：女警的制服也没什么大不了的。更有难以回答的自问——我是不是可以选择不一样的活法？

瑞穗是不是逃走了？逃离了名为"女警"的活法……

友子走出更衣室。

亡夫的余温犹在左手无名指。她告诫自己，不能再依赖他了。心中却有另一个自己，想要对那枚银戒絮絮叨叨地诉说万千郁闷。

4

二渡不在警务课。

友子还没打定主意要不要上报香水和记者的事情，倒是正好。不过她也想先跟二渡商量一下该如何推进调查。且不论她对二渡有多少信任，唯一可以确定的是——除了二渡，她也没法跟这间办公室里的其他领导商量了。

课长专座跟前的沙发上坐满了警务部各课的课长，每个人都捧着成捆的文件。下午的"参拜"已然开始。

今年春天，叫人胆寒的强权部长大黑被调往管区警察局。继任者名叫赤间肇。这位风度翩翩的新部长到任时，所有人都松了一口气，毕竟警务部上上下下都受尽了大黑的折磨。

谁知好景不长——赤间竟是个"数据狂魔"。他会追究警务部各项工作的每一个细节，让下属提交报告。那股挑剔劲儿简直能用"病态"来形容，连小片警携带的警棍损耗了多少、机关宿舍院子里有几棵树都要查得清清楚楚，以至于警务部职员的工作量几乎飙升到了原先的三倍。无论本厅和本部长问起什么，都能立即给出有数据支持的答复——想必赤间的目标，就是成为这样一个芝麻绿豆官。

友子用眼角余光瞟着匆忙进出部长办公室的课长们，同时拿起听筒。已经下午一点半，再瞒着瑞穗家里，着实有些不妥。

瑞穗的母亲接了电话。友子不知该从何说起，对方却说鉴证课的森岛课长已经打电话通知了他们。

"实在对不起，给大家添麻烦了……"

母亲肯定担心坏了，声音里却满是惶恐。也许经营奶场的父母是抱着"嫁女入警界"的心态，将独生女送出了家门。

打电话前，友子还抱着最后一缕希望。如果瑞穗回了父母家，还能勉强算作"虚惊一场"。然而，瑞穗不仅没有回去，连个电话都没打过。母亲畏畏缩缩道，她也对女儿失踪的理由全无头绪。

刚放下听筒，白田警务课课长就迫不及待地凑了过来。

"查到什么没有？"

"还没……"

友子含糊其词。无论告诉白田什么，他都会立刻上报赤间部长。赤间既是"数据狂魔"，又是"女警无用论"的急先锋。

而且白田这淡定的态度是怎么回事？一名女警失踪是这么微不足道的小事吗？难不成现在都一点半了，他还当瑞穗只是无故旷工？不过，瑞穗是鉴证课的女警。他心里肯定还打着这样的算盘——刑事部的事情，让刑事部妥善处理就是了。

"课长——调查官去哪儿了？"

"说是要去趟银行。"

——银行……

二渡肯定是去查瑞穗的存款了。万一有大笔取现记录，便能确定她是刻意出走。

友子甩掉白田，离开办公室。

她想赶在二渡回来之前，跟森岛课长对一对手头的情报。刑事部各课集中在五层，警务课的人都对那层楼敬而远之，觉得门槛太高。但鉴证课是友子的"老家"，她对五层并不过敏。

森岛那张神似斗牛犬的脸就在课长专座后。他和机动鉴证组的汤浅组长聊得正欢，见友子来了，他抬手道：

"哟！宿舍那边怎么样？"

三人转战屏风后的沙发。森岛的发膏味和汤浅的生发剂味混在一起，折磨着友子的鼻腔。而且这两位全然不怕因吸烟折寿。

友子简要汇报了敏江的叙述，但没提香水和报社记者。要是让领导知道瑞穗收了记者的香水，哪怕是对方硬塞给她的，也会成为她的污点。

友子转而提问：

"平野昨天是个什么状态？"

"那叫一个高兴啊，你不也瞧见了？"

"嗯，我问的是那之后。工作中有出什么事吗？"

"没有啊，下班前一直都欢天喜地的。是吧，组长？"

"是啊。"

森岛神经大条，汤浅则心思细腻。下属突然失踪一事似乎把他折磨得够呛。

据汤浅说，昨天没有发生什么重大案件，瑞穗六点左右就下班了。

"那有没有提起回家路上要去什么地方？"

"没有啊，什么都没说。"

截至六点下班时，瑞穗还没有任何异样。也就是说，关键在于六点到十点的这四个小时。回宿舍前出了什么事，抹去了瑞穗的笑容。莫非她去见了什么人？比如那个报社记者……

然而，友子很难填补这四个小时的空白。如果机动鉴证组不止一个女警，还有希望打听出一点线索，可惜瑞穗是万绿丛中一点红。以前都是同时有两三个的，奈何二渡大力推进"女警分散部署"，以至于瑞穗成了独苗。友子今天上午向二渡提交的女警配置调整方案针对的就是这个问题。

——暂时休战。不是都打定主意了吗？

友子将二渡抛到脑后。

可以将瑞穗的失踪用作谈判的筹码——这个念头刚闪过脑

海，友子就不由得责备自己。她之所以想在同一部门配置多名女警，是因为"仅有一名女警"会催生孤独与孤立。而这种状态势必会量产像林纯子这样的"吉祥物女警"。她想控诉的是这一点才对。

友子把视线和注意力转回汤浅。

"组长，平野最近的表现怎么样？"

"表现？她的工作态度很认真啊，跟同事处得也不错，没一点不对劲的地方。只不过……"

话到一半，汤浅却闭了嘴，露出一副"刚意识到友子也是个女人"的神情。

"只不过……"后面跟的是什么，用脚指头都能想出来：她毕竟是个小姑娘，我哪儿摸得透她的心思啊？……

友子边下楼边想，自己也有和汤浅抱有同感的部分。

她确实看不透年轻女警的心思。到底是主动来警界闯荡的姑娘，她们普遍性子踏实稳重，奉献精神也比常人强烈不少。但随着时间的推移，她们身上看不透的部分变得越来越多。这是友子的切身感受，无从消解。

友子自己肯定也有变化。

她仍把自己当成一介普通女警，却终究是负责四十八名女警的管理者。所以她时而从女警的角度看问题，时而按组织的逻辑审视事物，处理瑞穗失踪一事时也不例外。同为女警，友子很想了解瑞穗的内心世界。但与此同时，心中的另一个自己又不容许此事对组织造成伤害。

回到办公室时,白田把手一抬,指向部长办公室。

走到半路时,友子仿佛已经闻到了那装腔作势的古龙水味。

5

"七尾组长,她应该没牵扯进什么案子里吧?"

警务部部长赤间的语气平静如常。

"目前看来应该没有……"

"这方面呢?"

赤间边说边竖起大拇指[1]。

"似乎没有特定的交往对象。"

回答完这个问题,友子移开了视线。

她觉得恶心。金边眼镜配剪裁考究的西装,用一身古龙水味打造出本厅精英的形象。但藏在伪装之下的,是个令人作呕的俗物。

除了友子外,白田警务课课长、荻野厚生课课长和竹上监察课课长也被叫了进来。赤间的自尊心不允许他与女警一对一谈话。

"她到底是个什么样的女警?"

---

1 日本文化中,大拇指指代男性,小拇指指代女性。——编者注

"工作非常认真,从未缺勤过。而且为人诚实,以这份工作为荣,绝不会玩忽职守。"

字字肺腑。撇开这件事不谈,友子认识的瑞穗就是如此。

"这种姑娘才最危险,没一点抵抗力。"

赤间得意扬扬道。

女人会因男人发生翻天覆地的变化。女人一爱上男人就会如痴如狂,甚至不惜毁掉自己的人生——赤间对这套老皇历深信不疑。诚然,连友子都想过瑞穗的失踪可能与男人有关。撇开是不是那个记者不谈,直到此刻,她仍在怀疑男人与此事的牵扯。但这只是因为男女之间的关系有时会突破常识和理性。也不只有女人为男人疯狂,反过来的情况比比皆是。

然而,对眼前这位说什么都是徒劳。还记得赤间刚上任时,一看女警的资料便对友子惊呼:

"四十八个!有这么多吗?我之前待的县警局可是个位数。赶紧多嫁出去几个——"

警察有名额限制。

各县的警察人数根据人口占比等因素计算得出,由法令硬性规定。需要警方处理的罪案和问题逐年增加,名额却迟迟没有扩大,以至于各地县警局都处于缺兵少将的状态。女警并没有专属名额,多招一个女的,就意味着少招一个男的。

"女警心思细腻,可以更周到地服务居民——"

有些领导嘴上说得冠冕堂皇,背地里却对女警连连咂嘴。

"女人就是不好管""守护治安是男人的工作"。同样呼吸着警界空气的友子再清楚不过,各部门都有这样的老古板。

然而,像赤间那样公然对女警表示不屑的男人,友子还是头一回碰到。

他对瑞穗失踪表现出的淡定,也让友子不由得生出了猜疑。他会不会是这么想的?——也就是事情没能闹大,要是闹大了,正好借机开掉一个。

"好吧,那就再观望观望。"

赤间从沙发起身时,二渡敲门入内。

"找到平野瑞穗的车了。"

众人倒吸一口气。

"在哪儿?"

友子的声音都变了调。

"M站前的停车场。"

友子愕然。

M站!那不是前飞车党头目抢包的地方吗?早已被排除的"案件"二字如箭矢一般掠过她的脑海。

友子跟着二渡冲出部长办公室,心乱如麻。瑞穗到底在想什么,在做什么?她不是真被卷进什么案子了吧?

——老天保佑,千万别出事啊。

此刻的友子不是一介女警,亦非中层领导。这句话,发自有血有肉的母性之躯。

6

"调查官,换我开吧!"

"不用,快到了。"

手握方向盘许是二渡避免危机的策略。冲出本部时,友子显然处于不适合开车的状态。

"调查官——"

"嗯?"

"这件事真跟飞车党的案子有关吗?"

"不好说。"

"今天早上读到那篇报道的时候,我就有种不祥的预感……"

"哦……"

友子本以为二渡与自己想到了一处,谁知对方反应淡然。莫非他另有推测?

二渡打方向盘驶入M站环岛。红色轻型车和停在旁边的机动鉴证组的面包车映入眼帘。森岛课长也在。

"调查官,我先走一步。"

友子跳下还没停稳的车,冲向停车场。

"课长——"

"哟,小友号,动作够快的啊。"

瑞穗的轻型车就停在停车场的角落,这座停车场对来车站接送的私家车免费开放。

"停了多久？"

"他们说两个小时前还不在这儿。"

森岛扬起下巴，指了指三十米开外的派出所。

机动鉴证组好像也是刚到，汤浅组长和数名组员正忙着卸下面包车里的器材。照理说这不是需要本部鉴证课出马的案子，但失踪的毕竟是直属课员，交给片区处理终是不妥。

友子仔细观察瑞穗的车。她自认还没丢掉鉴证的本事。

先远观。没有匆忙停车的迹象，车沿着边线停得笔直，前轮也没歪。

车的外观没有明显的划痕，后视镜的角度也很正常。友子绕行一圈，查看窗玻璃。没有裂缝或肉眼可见的血迹。

"哎，别碰啊！"

被森岛一提醒，友子收回了凑近窗玻璃的头。环顾四周，人流量很大。这座停车场并无盲区，不可能在这里绑走一名成年女性——

"开始吧。"

鉴证组成员围住那辆车。汤浅率先出动，用一块形似尺子的薄铁板巧妙地撬开车门。

"能让我先进吗？"

友子挤进鉴证组围成的圈子。要是先让擦了发膏和生发剂的脑袋钻进车里，就捕捉不到别的气味了。

森岛用戴着白手套的手打开车门，叮嘱道："只准闻！"

友子弯着腰,把头伸进车内。本以为能闻到香奈儿的香水味,鼻孔却嗅到了另一种意想不到的气味。

——香烟味。

非常微弱,但绝对错不了。这是友子最讨厌的气味。她接着闻,鼻子凑近驾驶座,近得几乎能碰到,却没闻到香水味。难道是时间过去太久,已经消散了?还是被烟味盖住了?不,说不定瑞穗本就没喷过香水。宿舍的房间里确实有香水味,但没人可以证实瑞穗出门前喷了香水。

"怎么样?"

身后的森岛问道。友子转过身,请他们看看烟灰缸。

汤浅伸手拉出烟灰缸。里头有两个烟头,都是七星牌。烟嘴干干净净,没有口红印。

——是那个记者?

友子忙着开动脑筋,森岛等人则面面相觑,神色惊讶,显得很是无语。

"搞什么嘛,跟男人在一块儿呢?"

友子再一次把头伸进车内。这一回没有闻,而是专心看。

车内后视镜的角度并无异常,遮光板也好好收着,座椅套和地垫不见凌乱,护身符和小物件也没掉下,没有肉眼可见的血迹。

"小友号,差不多了。"

驾驶座离方向盘很近。对男人而言,空间过于狭小,只有身材非常矮小的人才能坐下。开车的就是瑞穗本人——

肩膀被森岛用力一拽，友子就这么被拽出了鉴证组的圈子。

身体缓缓松弛下来时，友子才意识到自己刚才有多么紧张。

——果然不是卷进了案子。

车里有烟头，肯定有男人上过这辆车。但车里并没有出事。出过事的车里必然会留下蛛丝马迹，但友子什么都没找到，一干二净。

总而言之，瑞穗是自己把车开来了车站，自己停在了这座停车场，然后锁上车门去了别处。那个抽七星牌香烟的男人和她在一起。不，她可能是在别的地方见了那个人，然后独自来到了车站。

照理说，既然车停在这里，那瑞穗的下一站就应该是车站，毕竟停车场就是派这个用场的。瑞穗可能上了电车。这条私营铁路横穿本县，途中还能换乘JR线。既能往南，也能向北，去外县都不成问题——

想及此处，友子顿感头晕目眩，这才意识到自己还没吃午饭。她转动手腕，垂眸一看，已经三点半了。

——得吃点东西垫一垫。

友子走进不远处的便利店，随便拿了几个面包，正要走回停车场，目光却落在了店外的公用电话亭上。

友子急忙拨通一个号码。回铃音过后，自己那恼人的声音宣布她不在家。

友子快速录入留言：

"八穷——我今天晚点回家。冰箱里冻着咖喱，记得吃哦。"

放下听筒一看，二渡就站在身后。他手里拿着一罐咖啡。

"孩子上初二了吧？"

"不，升初三了。"

友子红着脸回答。

"快中考了啊，真不容易。"

"我看他都破罐子破摔了——您家姑娘呢？"

"今年春天刚上初中。任性得很，愁死人了。"

二渡已经从森岛那听说了"瑞穗不像是卷进了案子里"。他说他要回本部，问友子有什么打算。友子本想在这里等瑞穗回来，奈何身上的制服过于惹眼。反正采样工作一时半会儿也结束不了，她便决定和二渡一起回本部一趟。

回程是友子开的车。

"调查官——银行那边有线索吗？"

"存款分文未动，没有取过钱的迹象。"

"也就是说……她不打算走太远？"

"也许吧。但也有可能是准备之后再取。"

"她要是跟男人在一起，倒也不必立刻动用存款。"

"嗯……"

二渡的反应还是淡淡的。

也许他认定瑞穗没跟任何人在一起。这也难怪，他不知道瑞穗的房间里有香水味，也不知道香水是记者送的礼物。他完全有可能在信息匮乏的状态下做出错误的判断。

——还是应该告诉他的。

而且事态有了新的进展：瑞穗的车里有烟头。至今没有出现其他男人的名字，所以友子认为有必要提一提那个记者。

"调查官——"

友子简要叙述了香水和记者的事。

饶是二渡都不禁面露惊讶，但他的回应仍是不冷不热。

"姑且查一查吧。"

7

在更衣室换好衣服，友子回到警务课，却见宣传官船木源一正在二渡的办公桌前。两人凑在一块儿，窃窃私语。

"万一不是记者呢？贸然打探容易惹出乱子啊！要是平野失踪的事传了出去可怎么得了！"

低沉的声音随着浓重得堪称"船木味"的体味传来。

二渡和船木同年入职，同走精英路线，直到升警部时都是并驾齐驱，但二渡比船木早两年升上了警视。据说自那时起，两人之间的关系就有些微妙了。所以友子无法判断船木是真对调查记者一事持谨慎态度，还是出于他对二渡的特殊情绪不愿配合。

友子啃着面包，用空着的那只手抽出"女警联络网"字样的文件夹。那是一张将她与分散在总部和本县十七座警署的四十八名女警串联起来的电话网。她决定利用这张网收集关于瑞穗的情报。其实她犹豫了很久，生怕事情传开，可是这都四点半了，不能再眼巴巴等着瑞穗现身了。

友子拨通了列表上的第一个号码——W署刑事课的齐藤巡查部长。直到去年，她还在警务课工作，是友子的老部下。

"齐藤，帮我打电话问问大伙儿——"

友子将瑞穗失踪一事告知齐藤，并让她转告其他女警：如有关于瑞穗的线索，请务必联系M站前的派出所，再微不足道的线索都行。

友子放下听筒，把头转向身后。二渡和船木还没谈完。

"你不是宣传官吗？能不知道记者抽什么牌子的烟？"

"就因为我是宣传官，才劝你别轻举妄动。"

友子找了个空当，跟二渡道了声"我回车站看看"，随即走出办公室。她快步穿过走廊，下楼走出大门。天色已经和楼里一般昏暗了。

友子驱车赶回M站时，鉴证组正要收工。

"小友号，你要在这儿等吗？"

"嗯。"

"不容易啊。"

友子在停车场附近的人行道找了一条长椅坐下。五点半多了，许是晚高峰开始了，每隔十五分钟或二十分钟左右，车站就会吐出大批的乘客。出来的人几乎都穿着纯色西装，乳白色的连衣裙一旦出现，她定能立刻注意到。

——到底上哪儿去了？

七点过后，夜幕降临。停车场里的车消失殆尽，只剩下瑞穗的红色轻型车孤零零地停在原处。

友子已经摸清了列车的间隔。她起身走向便利店跟前的电话亭，打电话回机关宿舍。

"喂？"

语气冷淡。儿子已经变了声，嗓音越发像他的父亲了。

"八穷啊，吃饭了没？"

"……别这么叫我。"

八千雄没好气地说道。

"八、千、雄——妈妈要很晚才能到家了。"

"……"

"听见没？"

"哦。"

"好歹温会儿书啊。"

电话断了。

八点……九点……瑞穗仍不见人。

独自等待的时间是何等漫长。友子再次痛感，八千雄也一直在等，那孩子是从小等到大。

手表指向九点半时，派出所的警官跑了过来，说有电话找她。

打来电话的是本部少年课的女警，足立美津子。她通过联络网得知了瑞穗失踪一事。

"是我。你有线索？"

"嗯，我今天早上看到瑞穗的车了。"

"啊？在哪儿？"

美津子提供的线索令友子大吃一惊——今天早上八点不到的时候，她在本部的职员专用停车场看到了瑞穗的红色轻型车。瑞穗总是把车停在同一个位置，而且那辆车的前格栅特征明显，不可能认错。美津子的语气斩钉截铁。

放下听筒后，神经的亢奋也没能消退。

瑞穗明明来上班了，车都开到停车场了。但她没有走进本部，而是开车去了别处。

——怎么回事？

友子瘫坐在派出所的钢管椅上。

可以肯定的是，失踪并非起意于昨天。瑞穗从昨晚开始便已是无精打采，但还是到了本部的停车场。直到那一刻，她还是想照常上班的。然而，她的心境在停车场发生了某种变化。

会是什么变化？莫非是被抽七星牌香烟的人叫走了？但瑞穗没有手机啊。那就是——

——啊……

刹那间，恐惧涌上心头，仿佛她此刻正窥视着一口深不见底的古井。

"组长——"

"……"

"七尾组长——"

她回过神来,回头望去,只见制服警官又握上了听筒。

"平野巡查回父母家了。"

8

解脱、疑惑和恼怒混作一团,友子也搞不懂自己现在是什么心情。她将油门踩到底,明知已不必赶路,却不能自已。

——这到底是怎么回事?

瑞穗的父母家就在山脚下。

友子来家访过几次,但还是头一回在夜里来。这一带家家户户经营乳畜业,每栋房子看着都差不多,也没有路灯和门牌号。友子兜兜转转半天,好不容易找到的时候,都快午夜零点了。

主屋的茅草屋顶上开着排烟窗,许是以前养过蚕。主屋边上连着一栋灰泥墙小楼,二层亮着灯。

友子在门口喊了一声,瑞穗的母亲便鞠着躬迎了出来。连连道歉后,她缓缓转过身去,用饱含怒气的声音喊女儿的名字。

"瑞穗!还不快过来!"

乳白色的连衣裙出现在走廊的尽头。刚开始,那人影活像一尊没有呼吸的僵硬假人。

瑞穗拖着脚步,摇摇晃晃走了出来。她的眼睛和鼻子通红,肯定哭了很久。

——瑞穗……

友子下意识呼出一口长长的气,随即抬起下巴,似是要把气原路吸回去似的,注视着瑞穗的脸。

"谢天谢地……"

芒刺消失不见,友子心中唯有深深的欣慰。

"组长……对不起……"

细弱的声音在门口响起,带着浓重的鼻音,近乎哭声。

友子勉强忍住泪腺的刺激,却没能压抑住涌上心头的激动,一把抱住了瑞穗。

"傻孩子!吓死我了!"

"对不起……"

"你到底跑哪儿去了?"

瑞穗没有回答,把脸埋在友子胸口。她身上有股崭新的汗味。友子也知道,哭是最累人的重活。

瑞穗的父亲和森岛课长也在客厅,面色凝重。友子看到了门口的车,知道森岛来了。瑞穗依偎着母亲坐下。

"这孩子就是不肯说原因。"

母亲很是无奈地看着瑞穗,却没有松开握着女儿指尖的手,时不时摩挲一下。

瑞穗只是垂着头，僵如磐石，封印了表情。

"瑞穗！"吐着烟的父亲一声怒吼。

"哎呀，平野先生，今晚就先——"

友子急忙插话，森岛也帮腔道："已经很晚了，今晚就让她好好休息吧。我们也该告辞了——是吧？"

友子点了点头。她当然想问个清楚，但今晚怕是没戏了。再者，她此刻只想一心一意为瑞穗的平安归来而高兴。

"平野——缓过来了给我打个电话哦。"

"……"

"说好要请你吃豆沙凉粉的。"

"喂。"

一旁的森岛低声提醒，还用眼神暗示：还不快撤！

友子与森岛同时起身。瑞穗也慌忙站起，深鞠一躬。她身后摆着一张装在相框里的照片，照片中的她站在派出所门口敬礼，笑容灿烂。

她躲在父母身后，跟着两人来到门口。刹那间，友子觉得瑞穗向自己投来了求助的目光。

屋外漫天星斗。

友子一边往车的方向走，一边小声问森岛：

"平野是一个人回来的吗？"

"嗯。"

"坐的电车？"

"对，从M站坐过来的。说是在车站给她妈妈打了电话。"

"怪了……她为什么不开自己的车回来？"

"哎呀，谁知道呢。"

森岛敷衍了几句，钻进自己的车。

仍是迷雾重重。

失恋？也有可能。要不是碰上了什么大事，怎么会难过成那样？

半截身子钻进车里的时候，友子转身回望瑞穗家。

二层亮了灯。她忽然觉得，瑞穗似乎正透过那扇窗户看着自己。

——好好睡一觉吧。

回程没有迷路，约莫四十分钟就开到了机关宿舍。

半夜两点，家里所有的灯都亮着。玄关、起居室、浴室……电视也没关。一如往常。

友子蹑手蹑脚走去里间瞧了瞧。

八千雄连衣服都没脱，就这么躺在床上睡着了。那张睡脸稚气未脱，一如往日。还记得儿时的他说不清楚自己的名字，只得拼命嚷嚷："你听八穷说呀！"

参考书散落在地。桌上摆着收录机、电脑和电视。还有多得能开店的游戏软件和CD……

她一直在用物质填补时间、代沟和愧疚。总有一天要做个好妈妈——还没来得及付诸实践,十五年一晃而过。

友子掖了掖被角,回到起居室。

她热了些咖喱,啃了点面包。

泪水夺眶而出。

友子的手够不到自己的儿子,也够不到手下的女警。主动伸出手去,就会被拒绝、被排斥、被疏远。

无名指上的戒指变得分外可憎。它无法开解自己,也给不出任何的回答。

早上摊开的报纸在桌上纹丝未动。《女警立大功》。一身制服的瑞穗直视着自己。

——瑞穗……告诉我好不好……

香水、香烟、记者。

零碎的单词在友子困得逐渐麻木的脑海中飞舞。

首先是……对,香水……瑞穗的房间里有香水味,但车里没有。不只如此,刚才也没闻到。友子紧紧抱住瑞穗时闻到了她身上的汗味,却没有闻到香水味的印象。

瑞穗果然没喷过香水。她没喷在身上,而是洒在了房间里。

——为什么?

不,不一定是瑞穗,说不定是别人洒的。

——谁洒的?为了什么?

睡魔来势汹汹,友子放弃抵抗。睡吧,反正明天要再去看看瑞穗的。

友子起身收拾空碗,合上报纸。不,是正要合上时,她的手却停了下来。

目光扫过报道的某一行,她总觉得哪里不对。也不知究竟不对在哪里,但她还是继续往下看。

她的目光在半空中彷徨。又从头看了一遍。这一次,她看得如饥似渴。

友子瞪大双眼。

——啊!

她的发现与瑞穗求助的目光相交。

刹那间,一个假设现于友子脑海。所有的信息都被纳入其中,仿佛每条信息都是成品的零部件。最后轮到了香水,假设也轻而易举地吸收了它。

假设化作结论。

——不会吧,怎么可能……!

友子盯着报上的画像。

精致的线条是那样黑,乌漆墨黑。

她的膝盖颤抖起来,按着膝盖的手也在抖。友子战栗不止。

难以置信。但大脑在嘶吼,这个残酷至极的结论就是真相——

9

既非夫妇，亦非恋人的男女很难在外面单独见上一面。如果双方都是警察，那就更不用说了。

友子思来想去，决定在光天化日之下，在课里来一场"密会"。和散发着发膏味的斗牛犬。

友子语气平静：

"画像并不是很像嫌疑人——是吧？"

"……"

"于是，您命令平野重画一幅。"

"是又怎样？"

说着，森岛课长大模大样地往沙发背一靠，一脸的不耐烦。

友子早就料到森岛会摆出这种态度。他要能在这种场合道歉，就不会下那么残忍的命令。他是真觉得这没什么大不了的。

友子花了一星期彻查瑞穗遭遇了什么。重看报道时，她发现字里行间潜藏着一个惊人的谬误。这便是一切的出发点。

不可能。

瑞穗本就不可能画出和嫌疑人一模一样的画像。那是一起飞车抢劫案，被害者又是古稀老妪。抢劫犯一闪而过，老人家怎么可能准确记住对方的长相？哪怕瑞穗再擅长倾听，画工再好，都不能指望她画出一模一样的画像。

然而，附近某便利店的店主做证说，他见过一个"和画像长得一模一样的人"。警方也顺利逮捕了前飞车党头目。所以大家都没细究。

为什么店主说那飞车党头目"和画像长得一模一样"？

因为店主早就觉得那人形迹可疑了。那人开着改装车，大白天也是一身的香蕉水味儿。他认定"那家伙迟早要犯事儿"。就在这时，刑警前来走访调查，说画像上的人是飞车抢劫犯。面部轮廓和发型好歹和那人还有几分相似，"肯定是那家伙"就这么变成了"见过一个和画像长得一模一样的人"。不，还有另一重内幕。前飞车党头目常来这家店购买色情杂志。促销指南上写得明明白白：考虑到购买此类杂志的男性顾客的心理，结账时最好不要看顾客的脸。事实上，店主从没有近距离观察过前飞车党头目的长相。

阴差阳错。

那天上午，"靠画像逮捕疑犯"的消息传至鉴证课。森岛觉得这是宣传的大好机会，兴冲冲地通过宣传室安排了一场新闻发布会，谁知片区警署发回来的疑犯照片与瑞穗所画的画像相去甚远。森岛顿时就急了，毕竟傍晚的新闻发布会近在眼前。

森岛将嫌疑人的照片交给瑞穗，命她照着重画一幅。瑞穗拒绝了，一遍遍说"我画不了"。森岛大为不悦，撂下一句话：

"女人就是不中用——"

这句话击垮了瑞穗。

哪怕是深更半夜，只要组织一声令下，她就会面不改色地赶赴现场。她带头扛起沉重的设备，她斜眼瞟过在路边方便的同事，捂着下腹往脚印上浇石膏。她没有一句怨言，也从不说丧气话。换来的却是一句"女人就是不中用"。

瑞穗重画了一幅。她的脑子里一片空白，唯有手勾勒出习惯成自然的线条。

一模一样的画像让森岛心满意足。记者们也积极报道，成就了那篇《女警立大功》。

瑞穗却崩溃了，她被背叛职责的悔恨压垮了。第二天早上，她开车来到了停车场，但那已是极限。她不敢进办公室，不敢再穿女警的制服。"我脏了——"

击垮瑞穗的森岛就在友子面前。他正索然无味地抽着烟，并试图以抖腿的幅度镇住友子。

"香水也是您洒的吧？"

瑞穗没来上班，饶是森岛也慌了神。打电话去宿舍问了，他却还是心神不宁，便干脆去了一趟。他心想：也许瑞穗留下了关于此事的字条，万一被别人看到就麻烦了。

瑞穗没有留字条。森岛松了口气，却察觉到了另一个隐患。"小友号"这个绰号就是他起的，没人比他更清楚友子的嗅觉有多敏锐。而友子是负责女警的组长，听说瑞穗没来上班，她肯定会来这里查看，然后闻出他的发膏味。

森岛是九点多去的宿舍。这个钟点不到岗，还属于"迟到"的范畴。他这个课长却亲自赶来，甚至闯进了禁止男性入内的女警居室。友子可能会起疑——于是森岛开窗通风，驱散发膏味。但他还是放心不下，便拿起碰巧看到的香水洒了一些。他还给出煞有介事的理由，不让宿管敏江说出去——"要是瑞穗知道有男人进过自己的房间，那多别扭啊。"

回到办公室后，森岛才通知友子"平野没来上班"，挑了个不早也不晚的时间。

"课长——"

"够了，也不嫌幼稚。"

"……"

"碰上这点小事就玩失踪，谁受得了啊，可把我们折腾坏了。"

啪。

脆响传来。

森岛瞠目结舌。友子的右手已然放回膝头。

"打扰了。"

友子起身告辞。每一步都是她精心算计过的。森岛不敢告诉任何人，他被一个女警扇了一巴掌——

友子走出办公室。出门时，她回头望去，森岛仍在屏风之后。

她的心情却没有丝毫好转。可恶的岂止森岛一人，汤浅组长和其他组员肯定也知道画像造假一事。不，逮捕抢劫犯的片区刑警搞不好也知情。

然而，没有一人提及此事。从瑞穗失踪，到她平安归来，竟没有一人提过一嘴。

最可怕的莫过于此。

熟悉的走廊仿佛都变窄了。友子大步流星,踩出一串响亮的脚步声。她摘下戒指,紧紧攥在手心。非升警视不可——那是她第一次生出这个念头。

10

许是因为来得太勤,放养的狗和鸡都不当友子是外人了。

"停职申请已经批啦。"

友子摸着牛鼻子说道。

"可……我已经……"

瑞穗垂眸道。牛仔套装和松松垮垮的长靴与她很是相称。

"没关系,不着急下结论,慢慢考虑好了。"

"哦……"

那一天,瑞穗在街头巷尾闲逛了许久。咖啡馆,书店,再回到咖啡馆……她向来一本正经,也没多少消磨时间的地方可去。

而她后来的行动足以体现出,她是个货真价实的警察。

她想知道,怎么会有人做证说那幅画像和嫌疑人"一模一样"。"嫌疑人落网"的喜讯让她心花怒放,没顾得上问证人是谁,报上也只说证人是"附近的一名店主"。报社也不敢写得太详细，生怕飞车党成员上门报复。

瑞穗自知旷工理亏，不敢找同事打听，于是便想起了送自己香水的记者。她打电话去报社分部，请记者透露一下具体是哪家店。记者特意来见了她一面，车里七星牌香烟的烟头就是记者所留。

瑞穗得知"店主"是M站前便利店的老板，就把车停在了车站的停车场，走进店里。聊着聊着，却发现机动鉴证组的面包车来了。

"您来买面包的时候，我正躲在货架后面瑟瑟发抖呢。"

瑞穗微微一笑。也许这是她这些天来第一次展露笑颜。

"傻孩子！你要喊我一声，我好歹能请你喝杯果汁嘛。"

盼着有朝一日，能如愿请她吃一顿豆沙凉粉。友子怀着这样的念想，走向自己的车。

高层批准了瑞穗的停职申请，这令友子轻松了不少。天知道二渡用了什么魔法，竟让那位赤间部长盖了章。

自从瑞穗回了父母家，二渡就再也没让友子做过汇报。还记得那一天，二渡翻来覆去看报上的文章。也许他从一开始就怀疑画像被窜改过，也查到了真相。

若真是如此，警务课调查官二渡的真实想法自会在明年春天的人事调动中有所体现。他会追究森岛课长利用下属伪造新闻稿的责任吗？还是会睁一只眼闭一只眼，认为组织的干部做出那样的选择也是无可奈何？

——得先把这事办了。

副驾驶座上摆着一个黄色文件夹。她打算一回办公室,就将这份修改过的女警配置调整方案甩到二渡面前。

友子拐入县道。

瑞穗给的土鸡蛋,在后座上碰出阵阵脆响。

● 陰の季節 ●

公文包

公文包

1

　　早晨一过，办公室里就暗得看不了资料，非得开台灯不可。这是D县警局主楼的结构所致，而占据一层和二层的警务部情况尤其糟糕。拜紧挨着窗口的资材仓库所赐，这里常年不见阳光，连屋外的风景都被挡了个七七八八。都说等新楼建成就熬出头了，奈何税收减少，本县财政吃紧，重建计划已被搁置了近三年之久。

　　身着西装的柘植正树走在阴凉的地下通道，带出一串有规律的脚步声。从县警局本部去县政府只有两条路，要么走横跨国道的天桥，要么钻这条地下通道。

　　柘植总会选择地下。倒也不是工作性质使然，只是他实在不乐意走在四面八方暴露无遗的天桥上。他是警务部秘书课的课长助理，警部，三十六岁，负责"议会事务"。

　　爬上地下通道的台阶，只见县政府大楼的瓷砖墙面在阳光下闪闪发光，直叫人联想到巨大的写字楼。前面则是造型新颖的县议会大楼，不知道的怕是会误以为那是座音乐厅。两幢大楼都是五年前重建的。每次站在这里，柘植都不由得痛感县警局被抛下不管的现实。

——算了，我迟早会让项目动起来的。

柘植走向议会大楼，灵巧地穿过旋转门，去了趟门口右手边的秘书处。十多位县政府职员正在平时静悄悄的办公室里忙忙碌碌。九月的例会即将召开，他们有许多准备工作要做。

柘植跟相熟的职员打了声招呼。秘书处的每个人都知道柘植的来意，不用多绕弯子。

"还有几位没想好要问什么……"

说着，职员递来五张装订在一起的再生纸。

九月例会　一般质询[1]纲要

柘植借用办公室角落里的沙发，坐下翻看。

文件列出了所有计划在全体会议上提问的县议会议员的名字，名字旁边有"质询项目"栏，逐项列出了议员上报给秘书处的质询内容。这就是柘植想知道的。因为县警局本部长也将作为D县行政首长之一出席全体会议，回答与警察有关的问题。为提前准备答辩稿，他想先了解一下议员们要提什么问题。

---

[1] 议员在全体会议上向知事（相当于中国的省长）和其他行政机构提出的问题可分为代表质询、一般质询和紧急质询。代表质询由派系代表提出，内容基于政党或派系的理念和政策、知事的政治立场和预算、法令等方面的议案。一般质询从议员个人的角度出发，围绕当前行政管理的课题和本地民生展开。

柘植用眼睛和手指仔细核查文件内容。

首先，他在大矶议员的质询项目里发现了"合法毒品问题"，于是抄录在笔记本上。合法毒品是日本最近的热点话题，这种药物能让人进入嗑药的兴奋状态，但不受现行法律的管控。大矶的着眼点总是很妙，柘植暗暗佩服。

然后是三崎议员。质询项目栏里只有四个字，"关于警察"。换作旁人，大概是"打算问关于警察的问题，但还没决定具体内容"。但是碰上三崎，就有必要多揣度揣度了。

柘植还在笔记本上写下了佐久间议员的名字。质询项目提到了"老年人"。结合佐久间以往的质询倾向，他的问题很可能侧重于"如何提高老年群体的人生价值感"。然而，这类问题往往会涉及老年人的自杀率与动机。那么县厚生部部长自不用论，县警局本部长也要上台答辩。

又做了一些笔记后，柘植放下心头的大石，合上文件。

没有围攻本部长的问题，在野党议员似乎也无意再动干戈。毕竟经济大环境不好，破产、失业等严重问题堆积如山，谁还有闲心挑警察的毛病？

——从三崎老爷子问起吧。

柘植起身走出秘书处，踩着厚厚的地毯，去往一层深处的大房间。那里是"新民自俱乐部"——保守阵营头号派系的议员休息室。

三崎议员却不在里头。管这间休息室的特聘女职员告诉他，人在楼上，于是柘植上到三层。当过正、副议长的议员都有专属的小单间，人称"办公室"。

"打扰了——"

"哦，是柘植啊，来得正好！正要给你打电话呢。"

三崎壮硕的身躯已与沙发同化。只见他松开腰带，把裤子的拉链拉到中间，解放下腹的赘肉，把两根圆木桩似的腿撂在桌上。三崎年近古稀，却仍是油光满面，眼眸也似青年般闪亮。

"咱们可真是心有灵犀啊！"

"您是想聊这个吧？"

柘植指了指笔记本上的"关于警察"，三崎乐滋滋地点了点头。

"你说该问点什么呢？"

"您有什么想法？"

"要震撼一点的，最好是本地居民爱听的那种——"

九月的例会一结束便是议员大选。三崎的意图很明显：利用一般质询拉一波好感。要知道在四年前的大选中，他险些被一个市民团体推举的新人拉下马。担任过议长的老资格竟要在一般质询环节发言，可见他对即将到来的选举生出了多大的紧迫感。

如果没什么可问的，就让他提一提县警局大楼重建工程迟迟没有进展的事儿吧——柘植原有这样的小算盘，但难度似乎有点高。不过他迟早要让三崎带头推进重建工程，眼下不妨帮着构思个称心的问题，趁机卖个人情。

"要不问问毒品？也有一阵子没问了。"

"毒品啊……大矶老师的问题好像就是这方面的，主要问最近新出的合法毒品。"

"哦，那就没意思了。能不能用你那灵光的小脑袋帮我想个合适的呀？"

放眼如今的县议会，连质询内容都统统丢给别人构思的也就三崎一个了。但柘植对他全无轻蔑。三崎家境贫寒，连小学都没好好上，却白手起家拼出了一家建筑公司，并凭借雄厚的资金混成了县议会的大腕儿。这个男人的活法，让柘植产生了某种兴奋和共鸣。

——问什么好呢……

柘植沿着地下通道往回走，边走边琢磨。三崎十有八九会用大巴拉一批本地支持者，填满会议厅的旁听席。他需要一个能让本地居民感叹"三崎老师就是厉害"的问题——

钻出通道时，他忽然想起，约莫两星期前，三崎的选区刚出了一起肇事逃逸致死案。而且，肇事者应该还未落网。

——兴许能用。

柘植走进北楼。北楼三层的走廊尽头，就是交通指导课。

他逮住"二把手"吉川，打听那起肇事逃逸案的调查进度。

"你问那个案子啊？快了快了，已经通过涂膜片锁定了车型，是辆白色的'蓝鸟'。这款车比较多，所以排查起来要花点时间，但查上一个月就差不多了。"

"三崎议员想问一问这个案子，答辩稿里能提'蓝鸟'吗？"

"举双手欢迎啊！报上一登车型啊，肇事者就知道自己逃不掉了，好多人就是被吓得自首的呢。"

就问这个吧，柘植下定决心。

让三崎询问选区的肇事逃逸案。对于涉及案件的问题，本部长一般只会回答"警方正在大力调查"，但这次要让他透露肇事者的车型，卖三崎一个面子，对警方来说也没有任何损失。如果肇事者因此自首，那就赚大了。更何况，肇事逃逸案件的逮捕率近乎百分之百。只要本部长答辩时不提这高得可怕的逮捕率，此事对警方的公众形象也大有助益。

柘植接过吉川给的案件资料，回到主楼二层的秘书课。明明是自己所属的部门，入内时却总有一丝丝的紧张。因为大办公室深处的门后，就是本部长的办公室。

代表"房内有人"的灯没亮。其实他能通过略显缓和的办公室气氛推测出本部长不在。秘书户田爱子告诉他，本部长在课长的陪同下去参加与公安委员的午餐会了。柘植闻言抬眼看表，才发现已近正午。

——趁本部长不在，先弄好算了。

柘植叫了份乌冬面外卖，坐在办公桌前，打开文字处理机。

他着手帮三崎写质询"作文"。上来就问选区的案子多有不妥，得从交通事故的概况问起。

近年来，随着汽车的普及和不文明司机的增加，本县的交通状况持续恶化，着实令人担忧——

他利用午休时间写完，打印出来，通读一遍，再给每个汉字标上读音。

——搞定。

柘植让吃完午饭回来的爱子复印了几份，然后拿着复印件前往交通指导课和交通企划课，请他们根据质询内容准备答辩稿。

——三崎肯定满意。

刚迈着轻盈的脚步回到办公室，柘植便接到了三崎的电话。

"柘植，进展如何呀？"

"找到了一个不错的切入点，明天就给您送去。"

"哦哦，谢啦！"

"您太客气了。"

"也不能老欠你人情……那就透露个情报给你吧。"

"情报……？什么情报？"

"知道鹈饲是谁吧？"

鹈饲议员，保守阵营另一大派系"县政新风会"的副会长。

"您是说鹈饲老师？"

"对对对。我听说啊，他揣着个'炸弹'。"

"炸弹……？"

"说是要在一般质询的时候，朝县警局扔个'炸弹'。"

柘植毛骨悚然。

2

柘植连滚带爬地跑过地下通道。

他冲进议会大楼秘书处，喘着粗气重新查看质询纲要。

鹈饲议员要问的是——"环境激素[1]问题"和"中小企业扶持政策"。仅此两项，并没有提到警察。

莫非他要搞突然袭击？而且还是个堪比"炸弹"的问题——柘植打了个寒战。

本部长傻站在会场不知所措的画面掠过他的脑海。而这也意味着，负责议会事务的柘植饭碗不保。

鹈饲打算问什么？不，应该问"他为什么要针对县警局"？

——报复。

柘植的直觉并非空穴来风。

鹈饲一郎，五十六岁，大腕儿议员，连续五届当选，还担任过副议长。然而四年前，他的竞选团队在县议会选举期间闹出一宗现金贿选案，最终有十五名工作人员被捕。虽说是地区检察

---

[1] 又译"环境荷尔蒙"，存在于外界环境中的人工合成化学物质，进入生物体内后作用与激素类似，因此会干扰生物正常的激素水平和内分泌功能，影响生物生殖系统。

院主导的强制搜查,但负责执行的搜查二课刑警个个志骄意满,毕竟这是他们第一次杀进前副议长的选举办公室。但在保守大派"二把手"鹈饲看来,这就是一场出乎意料的强制搜查,颜面尽失的屈辱与愤怒可想而知。

但"报复"着实过了火。

县警局与保守议员的权力关系很是微妙。表面上通力合作,但县警局手握搜查权,议员则把控着议会,双方互相制衡。也可以说,两股力量始终都在相互抵消。其实最理想的状态就是双方势均力敌,无法拔刀相向,恰似核威慑带来的平衡。

如果一方因私怨向另一方发起猛攻呢?

县警局在选举期间报议会之仇,议员在议会上泄选举之恨,冤冤相报何时了。对双方而言,这都是无益的争斗。正因为大家对此心知肚明,才形成了"禁止报复"的潜规则。

鹈饲要打破的,便是这条禁忌——

问题在于"炸弹"的性能。他会抛出一颗怎样的"炸弹"?他是掌握了可疑资金的流向,还是要追究警方与外围组织的勾结?莫非是打探到了警方高层的丑闻?

无论如何,当务之急是弄清鹈饲要问什么。思考对策也好,怀柔拉拢也罢,都离不开这个先决条件。

柘植走向"县政新风会"的休息室。

他半个身子探进房间,不见鹈饲的踪影,却在房间深处发现了佐久间议员。没旁人在。柘植快步走进去。

"佐久间老师——"

"哟，是你呀。"

佐久间今年四十，是一位"二年级"议员。他思维敏捷，但为人谦和，从不摆大架子。柘植稍显拘谨地坐在他旁边的椅子上，恰好有公事可聊，不显突兀。

"您打算问的老年人问题，有需要我们回答的部分吗？"

"嗯，我是想问问这几年的自杀率来着，呃……"

"搜查一课的验尸官有统计数据。"

"有没有动机的明细数据啊？"

"有粗略的分类……回头我帮您问问。"

柘植面不改色，只压低了声音。

"对了，鹈饲老师在哪儿呢？"

"不清楚哎，我也没见着，可能在楼上吧。"

柘植进一步降低音量：

"听说鹈饲老师打算问和我们有关的……"

"哦，他确实提过一嘴。"

"那您有没有听说具体的内容？"

"说是挺尖锐的，具体内容就不知道了。"

看来鹈饲是真揣着一颗"炸弹"。

"回头碰到他了，我帮你问问看吧，不然你心里也没底。"

"那就麻烦您了。"

柘植诚恳地鞠躬道谢，说晚上再给他打电话，随即又深鞠一躬。

他顺道去了趟"新民自俱乐部"。在这个世界,其他派系的人知道得更清楚是常有的事。

可惜算盘落了空。不过柘植问的每一位议员都听到了传言——据说鹈饲要在一般质询环节炮轰县警局。

——直接问本人?

柘植当机立断。

其实他对"面见鹈饲"全无抵触。虽然鹈饲不好伺候,难以亲近,但柘植也不是特别讨厌那种类型的人。他自认在过去的半年多里,自己作为议会事务的负责人和他打了平平常常的交道,也建立起了平平常常的关系。

如果鹈饲真想炮轰县警局,那就意味着:不是柘植太过迟钝,就是鹈饲太过精明。

柘植上到三层,敲了敲鹈饲办公室的房门。

无人应答。

"打扰了——"

柘植把心一横,推门一看。

鹈饲不在。不过办公桌上放着公文包,这说明他就在这幢议会大楼的某处。

柘植正要关门,手却停了下来。他的目光投向办公桌。

老旧的棕色公文包。拉链开着,资料探出头来。

——包里有⋯⋯

呼吸的节奏稍乱。

柘植关上房门。就在这时，声音从背后传来。

"找我什么事？"

柘植吓了一跳，回头望去，只见一脸讶异的鹈饲正站在走廊，手里拿着手帕，看来是刚从厕所回来。

"不好意思，我以为您在办公室呢……"

鹈饲用黑框眼镜之后的小眼睛盯着柘植。柘植惊慌不已，唯恐对方听见自己的心跳。

"有事就进来吧。"

"好。"

柘植跟上鹈饲宽阔的背脊。鹈饲示意坐沙发，但柘植选了一把钢管椅。

鹈饲取下桌上的公文包，将身子埋进沙发，抬起棱角分明的脸。

"你想问什么？"

"事关一般质询的问题——"柘植客气地与对方视线相交，"老师，您的问题和我们有关吗？"

"嗯，是打算问一个相关的。"

鹈饲轻描淡写，神情显得难以取悦，但他平时就是这副面孔。

"能否透露一下具体的内容，方便我们准备答辩稿……"

"那可不行。"

出乎意料的强硬语气，让柘植脖颈一僵。

"说了也只会让你为难。"

"此话怎讲？"

"因为你们就写不出像样的答辩稿。行了，转告你们本部长，让他操练操练该怎么道歉吧。"

柘植全身战栗。鹈饲是真要报复——

"失陪。"

鹈饲拿起公文包走出办公室，按下前方不远处的呼梯键。电梯门开了，追出来的柘植也在千钧一发之际挤了进去。

"老师，您就告诉我吧！"

"你也要坐这部电梯？"

柘植岂能不知，这是议员专用电梯。

"出去。"

"……"

"还是说，你想行使职权？"

"可是老师——"

"出去。"

柘植就这么被轰了出来，梯门随即关闭。鹈饲的脸、身体和公文包徐徐变窄，最后消失不见。

3

办公室的气氛告诉柘植，本部长回来了。

秘书课课长坂庭昭一在进门右手边的小房间，这个房间常被用来"暂时隔离"那些不想让本部长见到的访客。桌上摆着两个茶托，看来他刚接待完一位不受欢迎的访客。

"课长——"

柘植在门口喊了一声。正在沙发上翻看笔记本的坂庭回过头来，顿时脸色一变，想必是看到了柘植的严肃表情。

"怎么了？"

"大事不妙。"

柘植带上房门，与坂庭促膝而坐。

"'炸弹'……什么内容？"

"不知道。"

"拦得住吗？"

"恐怕很难，鹈饲动了真格。"

坂庭抱着胳膊，仰望天花板。

"问题是'炸弹'的芯子……"

"他会不会是打探到了哪位领导的'事故'？"

柘植话音刚落，坂庭便把脸转了回来，却又移开了目光。

"事故"——警察职员的丑闻。

七年前，坂庭也出过"事故"。

他喝醉了酒，动手打伤了一名出租车司机。那个司机恰好是柏植的高中同学。柏植受坂庭之托介入调停，最终令双方达成和解。监察课对此事无知无觉，所以坂庭此刻才能坐在这里，还能在与同辈的晋升赛跑中领先一步。

今年春天，坂庭还了这份人情。

他把柏植调来了秘书课。人事权掌握在警务课手中，但秘书课近在本部长脚下，享受"特殊待遇"。只要坂庭这个课长有心，就能打着本部长的旗号，随心所欲地挑选课员。

柏植雀跃不已。他本就是警备课的精锐，职级稳步提升。但秘书课是本部长直辖，分配给他的又是议会事务，这大大激起了他的野心。在他看来，精通议会事务并获得议员的信任，无异于获得了不擅长与外界谈判的警察组织渴望的特殊技能。坂庭也曾长期负责议会事务。他不算机灵，却坐上了秘书课课长的交椅，这正说明以本部长为首的本厅特考组希望与本地议会建立良好的关系。

然而，议会是一把"双刃剑"。在议会取得成功，意味着明日的平步青云。可一旦失败，便是万劫不复。

"既然鹈饲不肯说——"

坂庭沉思片刻后，看向柏植的眼睛。

"你有熟人在监察课是吧？"

"对。"

监察课的新堂监察官算是柏植的媒人。还在警备课的时候，他在新堂的介绍下娶了新堂远房亲戚的女儿。

"那就去监察课问问。他们要是不肯说,你就说是本部长下的命令。"

"好。"

"还要再找议员们打听打听——"

丁零,短促的铃声响起。坂庭条件反射般地抬起身子——本部长有请。

"交给你了。"

坂庭撂下这一句话便冲了出去,边跑边整领带。

柘植在小房间的角落里拿起听筒,打内线电话逮住监察课的新堂,约他在天台见面。照理说,他该在夜里上门拜访,奈何事出紧急。

上天台一看,新堂还没到。

柘植坐在混凝土浇筑而成的"故乡台"一角。那是一座直径约两米的圆形平台,按方位刻着本县各市、镇、村的名称,显然仿照了警视厅警察学校的"望乡台"。郁闷苦恼的时候,学生们就来这里遥望故乡——

柘植只在八年前来过一次。但他没有望向故乡的村庄,而是盯着东京所在的方向。还记得那天碧空如洗。

"哟——"

新堂现身天台。只见他停下脚步,点了一支烟。

"监察官,您又抽上了?多伤胃啊!"

"伤不着，反正也没剩多少。"

破罐子破摔的语气。自从因胃溃疡住院手术，并被调往监察课，昔日的警备课精英便风华不再，仿佛瞬间苍老了许多。说不定他已经死了心，没有了往上爬的冲劲。

"说正经的吧，突然找我什么事？"

柘植简要讲述了事情的来龙去脉。

"'炸弹'……？"饶是新堂也面露惊色。

"最近出过会被他当把柄用的事故吗？"

"没出什么引人注目的事故……真没有。"

监察课并没有掌握这方面的丑闻。莫非鹈饲要针对的是县警局组织的结构性问题？但这建立在大量的调查之上。如果鹈饲四处打探消息，警方定会有所察觉。问题是，新堂没听到一丝风声。

那就说明，还是领导丑闻的可能性更高。监察课也并非无所不知，坂庭那次就瞒得很死。而鹈饲有可能通过议员的人脉打探到这种情报。不，鹈饲炮轰县警局绝非出于义愤，报复才是他的真正目的。这意味着他也有可能翻出陈芝麻烂谷子的旧事，大做文章，仿佛那是什么昨天才发生的新鲜事。

新堂在三点整起身，随即遥望远方，用自言自语的口吻说道：

"最好再找警务课打听打听……"

"啊？"

"找'王牌'吧。说不定,他手上有监察课不知道的猛料。"

柘植目送消瘦许多的新堂远去,眼前却浮现出另一张面孔。

警务课调查官二渡真治,人称"王牌",精通人事。他四十岁时便升任警视,刷新了D县警局的纪录。

柘植参与警务工作的时间不长,还没跟二渡打过几次交道。但每次听到那个名字,他都会心生烦躁。为什么县警局上下对二渡的评价如此之高?

二渡确实厉害,但他的强大是对内的。对外呢?他在县政府和县议会根本吃不开。事实胜于雄辩,毕竟重建县警局主楼的计划已经被搁置了三年之久。

柘植仍坐在故乡台上。

——看我的。

他要动员以三崎为首的保守阵营,让停顿已久的重建计划走上正轨。届时,他定会成为D县警局有史以来第一个不到四十岁的警视,并为"王牌"之名的易主埋下伏笔。

柘植走下主楼的楼梯,缓步穿过二层的走廊。

警务课的门开着,深处的办公桌后,有一道纤弱的溜肩身影。那人有着稳重的长脸盘、挺拔的鼻梁。刹那间,他的目光扫过柘植,带着出乎意料的犀利。

柘植无视了新堂的忠告。

鹈饲的问题,秘书课自会解决。二渡的目光,丝毫没有动摇柘植的决心。

4

回到机关宿舍时,已是晚上七点多了。柘植家的房子位于四楼的尽头,在铁门后等待他的,是美铃那张眉头紧锁的脸。

"老公——"

柘植撂下一句"回头再说",拿着电话子机躲进里间。

他听腻了美铃的抱怨,这一个多月的牢骚都与陶艺课有关。机关宿舍是警务课课长夫人说了算,这位夫人沉迷陶艺,拉着各家女眷一起上兴趣班。美铃对此深恶痛绝,纤纤玉指是她唯一的骄傲,用手指捏泥巴对她而言就是无尽的痛苦。说"那就别去了",她又不敢,怕被排挤;说"那就只能硬着头皮混过去了",她便沉默不语,随即披头散发地摔东西。

初遇时,美铃的外表和性情是那样水灵,柘植在第二次约会时便开口求婚。事到如今,他也从没怀疑过自己曾为她痴狂。一眨眼,十年过去了。美铃日渐憔悴,开始一味将烦躁发泄在他身上。柘植的心境也越发复杂,他选对人了吗?莫非他当年只是被"精英领导远房亲戚的女儿"这个名号撩起了野心?目睹新堂风光不再的此刻,他真的没有为如意算盘落空而暗暗咂嘴吗?

工作归工作,家庭归家庭。刚结婚时,他曾如此告诫自己。奈何现实与情绪早已混为一谈。

——开干。

柘植强行斩断杂念,打开县议会名簿,拨通佐久间议员的号码。

"不好意思打扰您休息了,我是县警局的柘植。"

"哦哦,柘植警官啊——"

佐久间的声音从一开始就带着歉意。

"我找鹈饲老师问了,可什么都没问出来。他还瞪了我一眼,反问我'你打听这个干什么'……"

"这样啊……给您添麻烦了。"

"没事没事,就是气氛有点尴尬。鹈饲老师怕是要搞个大手笔。"

结束通话后,柘植连抽了好几根烟。心情再烦躁,他都不会在上班的时候抽。因为本部长正在戒烟,所以警务部部长和秘书课课长也都跟着戒了。

柘植只得挨个拨打名簿上的号码,但保守阵营全军覆没。他甚至一咬牙一跺脚,找知心的在野党议员打听了一下,却也是全无收获。

他怀着凝重的心情来到起居室,正在布置餐桌的美铃回过头来。

"老公——"

"嗯。"

我懒得听——本以为这个意思已经表达得很明确了,美铃却不管不顾,凑到他耳边说道:

"守夫好像被人欺负了。"

"啊……？"

"让他拎包，还排挤他——"

柘植愣住了。

他瞪大眼睛，望向儿童房，儿子守夫蜷着的后背映入他的眼帘。那小手正在移动桌游的棋子。

"守夫——"

他下意识喊道。八岁的西瓜头转了过来，战战兢兢，全无锐气，许是误以为自己惹爸爸生气了。

柘植哑了火。

小小的村子，小小的世界，上小学和初中的那九年里，一个蛇眼男孩将他牢牢捏在手心。当年的他肯定和眼前的守夫一样，吓得瑟瑟缩缩。

——把挡路的家伙统统杀光！

但他没说出口。他找不到合适的话语来宽慰自己那软弱得显而易见的分身。

5

秘书课的早晨总是人头攒动，挤满了找本部长审批的各课课长。

交通指导课的吉川也穿过往来的人群挤了进来，神情分外拘谨。他在自家办公室里口若悬河，大大方方，到了秘书课就没那么自在了。他将肇事逃逸案的答辩稿递给柘植，转身就走，没说一句废话。

柘植通读一遍，再交给坂庭让他给本部长过目，然后带着昨天写好的"三崎质询稿"走出办公室。

九月的例会再过五天就开幕了。柘植匆匆赶往议会大楼，打算找三崎仔细打听一下鹈饲的事。明确提到"炸弹"二字的唯有三崎一人，那他是听谁说的？

去三崎的办公室一看，他仍是瘫在沙发上，姿势与昨天分毫不差，仿佛一整天都没挪过窝。

"哟，这么早呀。"

三崎心情正好。他直接把柘植递来的质询稿扔进了公文包，都没仔细看一眼，那表情仿佛在说：你写的，我放心！

"老师，话说鹈饲老师的事情……"

"哦，查到没？"

"一点头绪都没有。您知道多少？"

"具体的我也不清楚啊。"

"那是谁告诉您的？"

"鹈饲啊！'朝县警局扔个炸弹'就是他亲口说的。"

柘植想不通。"新民自俱乐部"和"县政新风会"确实同宗同源，只是成员不同罢了。可即便如此，鹈饲又何必将自己掌握的猛料刻意透露给其他派别的长老，大肆宣扬？

——不，也许这就是他想要的效果……

说不定，鹈饲就是为了把事情闹大才跟三崎提了一嘴。为了什么？为了让县警局知道他揣着一颗"炸弹"。换言之，这是一封"爆炸预告函"，他想看着县警局惊慌失措，从中取乐。也许他是想尽情享受复仇的快感。

不过，"预告"二字让柘植有了别的灵感。

交易。莫非鹈饲想让警方以某种条件换取"中止爆炸"？所以他提前透出口风，以便争取与县警局谈判的时间。

昨天见到鹈饲时他似乎并无此意，摆出了"无论如何都要强行质询"的架势，但那也许是故作姿态。他要拖到最后一刻，等县警局坐不住了再谈——

"去选区打听打听呗。"

三崎躺在沙发上说道。

"选区……？"

"后援会会长他们肯定知道点什么。如果不知道，就顺势吓唬吓唬他们。后援会都出面劝了，饶是鹈饲也不敢轻举妄动的。"

倒是个好主意。本该是三崎谢柘植，最后却是柘植连连道谢，告辞离去。他先回了趟秘书课，跟坂庭汇报过情况后便立即出发。

开车去鹈饲的选区所在的K市要三十分钟左右。"无论如何都要拦下来"——坂庭的叮嘱犹在柘植耳畔。据说坂庭昨晚也找几位相熟的议员打听过了。看他的表情，便知他本以为凭自己的人脉定能有所收获，却是无功而返，这才深刻认识到了事态的严重性。

驶入城区。每次遇到红灯，柘植都要垂眸查看地图，找到大致的街区以后停了车。街边米店的老板告诉他，拐弯进去，第二栋房子就是远山春男的住处。柘植依言而去，片刻后，"鹈饲一郎后援会办公室"的招牌映入他的眼帘。

远山恰好遛狗归来。他与鹈饲年纪相仿，体形神似烧瓶。

"警察……？"

远山看着柘植递来的名片，皱起眉头。这也难怪，虽说没被逮捕，但在四年前的强制搜查中，眼前这位肯定也坐过审讯室的硬椅子。

远山带着疑惑的神情，请柘植进屋详谈。好一栋纯正的日式民宅。

毕竟不是什么能兜圈子的事，所以柘植开门见山道：

"鹈饲老师要在一般质询环节问一个关于警察的问题，不知您有没有听说？"

"关于警察的问题？"

"据说是要挑警察的毛病。"

"啊……？"

远山如遇晴天霹雳。他往前凑了凑，反问道：

"他到底要问什么？"

"我也不清楚，所以才找了过来。"

远山顿时慌了神。他撂下一句"您稍等一下"，开始给后援会的干部挨个打电话。且不论鹈饲本人如何，看这架势，后援会的成员是真的吃够了苦头。

挂断最后一通电话后，远山转过身来。

"大家都说不知道……"

"能麻烦您问问鹈饲老师吗？"

"好的，我今晚就问问看。"

有结果了给我来个电话——说完，柘植便起身告辞。

他觉得自己占了上风。

远山怕极了县警方。不管"炸弹"是什么内容，后援会都一定会拦着鹈饲，有戏。议员离不开选民的支持，鹈饲也不能不看后援会的脸色。

柘植慢悠悠地往回开，半路上在家庭餐馆解决了午饭，回到秘书课时，已近下午两点。

一进门，户田爱子就站了起来，说鹈饲就在小房间里等着。

——什么？

肯定是远山等不及天黑就联系了鹈饲。鹈饲杀来了秘书课，意味着后援会的劝说以失败告终。伴随着恐惧的直觉让柘植一阵忐忑。他连门都忘了敲，直接拉开小房间的门。鹈饲和坂庭的脸跃入他的视野。

眼看着鹈饲那张不好伺候的脸上浮现出愤怒的皱纹。

"你敢威胁我的后援会？"

"不不不，您误会了……我只是不知道您打算问什么，再这么下去就没法准备答辩稿了——"

"闭嘴！"

沙发上的坂庭都不禁背脊一紧。

"你要再敢胡来，我就找知事抗议。你担得起这个责任吗？"

"老师，求您高抬贵手——"

一旁的坂庭低声下气，深鞠一躬，连后颈的发际都看得清清楚楚。柘植也弯下腰来。找知事抗议——这句话堪比撒手锏。

鹈饲愤然起身。

"丑话说在前头，我没打算改主意。"

柘植和坂庭一直低着头，直到小房间的房门合上。

"越来越糟了……"

坂庭咬着嘴唇。

他清冷的面容全无起伏，乍看仿佛生命力微弱的生物，无欲无求。但这个男人的内心深处也暗藏着野心。柘植自己便是如此，所以他能看透坂庭滚滚翻腾的内心世界。

坂庭担任秘书课课长已有三年，明年春天肯定要动一动。他想借此机会，在局势胶着的晋升赛跑中脱颖而出。正是"秘书课课长"这个职位让他浮想联翩。如果本部长认可自己的能力，就有可能在下一次人事调动中提拔他到更重要的位置。没有出众的能力也无妨，仅凭本部长的器重就平步青云，晋升速度之快令所有人瞠目结舌的秘书课课长也大有人在。

偏偏在这个节骨眼儿上，鹈饲的"重磅炸弹"从天而降。坂庭怎么可能沉得住气?

"关键是'炸弹'的内容。只要能查清他到底要问什么,就还有希望挫败他的计划。"

"是啊。"

柘植点了点头,却想不出打探消息的方法。他片刻前刚触及鹈饲的逆鳞,而对方的反应足以证明"交易"这条路是行不通的。鹈饲果然是想报复警方,而且是不达目的誓不罢休。

无论试多少次,鹈饲都不会透露质询的内容。能问的议员都问过了,后援会也是无可奈何,威胁也不管用。且慢——

柘植心想,是不是威胁的火候还不到家?找到能威胁鹈饲本人的东西就行。警方也握着他的把柄,双方便是势均力敌,足以将"爆炸"扼杀在摇篮里。

"课长,鹈饲就没什么把柄吗?找个把柄要挟他算了。"

坂庭转向柘植,一脸惊讶。

"他也没什么见不得光的……我去查查看,只不过……"

坂庭的语气是那样靠不住。那可是议员啊,用这种手段合适吗?——举棋不定的心思尽数反映在他的眉眼。比谁都想出人头地,却是毫无胆识。柘植顿时生出一股冲动,想一巴掌把他掀翻在地。

——真想往上爬,就得豁得出去!

柘植无意给坂庭陪葬。他回到办公桌前,毫不犹豫地拨通了搜查二课的内线号码。

6

爵士乐震得耳膜生痛。

当晚，柘植来到车站后的咖啡馆，等待同年入职的黛义之。他对爵士乐全无兴趣，只是需要足以盖住说话声的声响，于是才选了这儿。

等待时间之长，足以体现出两人的疏远。"走得开就去。"黛在电话里如此说道。他是个教科书般的好好先生，语气并不带刺，却透着明显的疏离。

八年前，柘植曾有机会调入警察厅。警界有所谓的"准特考组制度"，即从地方警察抽调能力过硬的警部补，给予对标特考组的待遇，而柘植恰好满足了这项制度的条件。他犹豫了。去本厅，还是留在县警局？这是一道终极的选择题，类似于"进甲子园劲旅坐冷板凳，还是进弱队当王牌投手"。柘植思来想去，还是决定在那座故乡台上走王牌主力的路线。自那时起，他就再也没参加过同届的聚会。既然拒绝了跻身特考组的机会，决意留在县警局，就不能让同届的任何人走在自己前头。

功夫不负有心人，如今的柘植已是打遍同届无敌手。和他竞争的，都是大他三四辈的人。

要第二杯咖啡时，店门开了。

"这边。"

柘植抬手说道。黛迈着兴高采烈的步伐而来，叫人看着脸红。

"好久不见啊，柘植。"

柘植不禁苦笑，这人太实诚了。他知道黛没有丝毫的恶意，却也觉得不该对每天在同一栋楼里上班的人打这样的招呼。

黛在搜查二课耕耘多年。不知道的人怕是很难从那斯文的外表联想到，他所在的部门是专门对付高智商罪犯的，负责侦办贪污腐败、诈骗、选举违规操作等类型的案件。

柘植制止了想叙旧的黛，开门见山道：

"你们四年前是不是办过鹈饲贿选的案子？"

"嗯，那叫一个痛快。"

"黛，鹈饲犯过事没有？"

黛扑哧一声笑了出来。

"他就是犯了事，我们才会找上门的啊。"

"我问的不是以前，而是现在。他有什么把柄没？"

"你这人啊——"黛叹着气道，"有求于人，总得先给句真心话吧。你要鹈饲的把柄干什么？"

"这……"

柘植吞吞吐吐。倒也不是为了"保密"，而是不想让黛知道自己深陷窘境。

爵士乐越发喧闹，仿佛看准了沉默的空子。

"我最近经常感慨——"黛似在自言自语，"三十岁一过啊，就交不到朋友了。工作搭档什么的还好说，值得信赖的人也不是没有，但他们终究不是朋友啊。没见证过对方的青涩和糗事，又算哪门子的朋友呢？只有在二十多岁成天干傻事的时候认识的人，知己知彼，才能成为真正的朋友。"

柘植终于明白了，黛就是为了说这些才赴了这个约。

上警校的时候，柘植不擅长擒拿格斗，谁都打不过。多亏黛传授的预判技巧，他才拿下了人生中的第一场胜利，徒手制服了握着"匕首"的对手。柘植激动不已，要和黛握手，黛则笑容满面——

柘植起身道：

"不好意思啊，劳你特意跑一趟。"

"哎，柘植——"

"我就想打听鹈饲的把柄。"

"行吧行吧，你先坐下。"

黛伸手拿来纸巾盒，抽出一张，用圆珠笔写下几行字。

姓名、地址——

"找这个人问问吧，说不定能有收获。"

"……对不住。"

"得了吧，这话跟你可不搭。"

黛仰视柘植，眼中分明有怜悯之色。他明明比柘植低了两级，怕是得在弱队捡球捡到退休。

柘植抓起纸巾和小票，转身就走，只想尽快逃离爵士乐和身后的眼眸。

7

濑岛达彦。

柘植也听过这个名字。

此人现年五十,当过刑警,原来主要侦办盗窃案,据说是个热心肠,可就是热心肠害惨了他。十三年前,他将某个小偷送进监狱,却和人家的妻子打得火热,因此被县警局开除。

换过几份工作之后,濑岛当上了鹈饲竞选办公室的"幕后军师"。直到今天,仍有许多竞选团队迷信"前警官"的神力,甘愿为这个头衔掏钱。然而,四年前的贿选骚动让竞选办公室意识到"前警官"当不了护身符。濑岛被炒了鱿鱼,如今在一家二手洋车经销商当销售。

做好功课之后,柘植拜访了位于I市的濑岛家。他提前打了电话,表示想问一些关于鹈饲议员的问题。濑岛回答:"那就来吧。"

濑岛家的房子比柘植设想的像样多了。四十上下、容貌端正的女人默默端来茶水,也不知她是不是那个小偷的前妻。

柘植戒心十足地坐上沙发。虽说濑岛当过警察,但如今的他已是彻头彻尾的"外人"。万一不小心说漏了嘴,让濑岛发现自己是冲着鹈饲的把柄来的,天知道消息会传到哪里。

"我当初可是劝过的,可远山老爷子沉不住气,嚷嚷着再不出手就要落选了,到头来还是给人塞了钱。"

濑岛还以为柘植想打听四年前的事，滔滔不绝地讲述贿选案的内幕。

"但底下的人贿选，鹈饲总归是知情的吧？"

"不，他是真被蒙在鼓里。"

濑岛的语气中带着袒护，这让柘植颇感失望。本以为被竞选办公室解雇的濑岛定会对鹈饲怀恨在心，但他似乎料错了。

"别看鹈饲长成那样，其实胆子小得很。二课杀过去的时候啊，他吓得瑟瑟发抖呢。嘻，我也抖啊。"

濑岛勾了勾唇。

"不过出了这种事，他肯定恨透了警察吧？"

"你说鹈饲？不会的。当然啦，我也不是他肚子里的蛔虫，但至少没听他发过一句牢骚。"

"哦……"

就在柘植陷入沉思的刹那，濑岛报出一个人名。

"……啊？"

"山根顺一。他还好吧？听说他被调进一课了……"

哦……柘植反应过来。濑岛想打听打听老同事们的近况。

柘植应付了一阵子。他不熟悉刑侦部门的情况，只能对濑岛接二连三抛出的名字点头附和。但几条看似无关紧要的情报，都让濑岛眉开眼笑。

柘植渐渐放松戒备。因为他意识到，濑岛仍当自己是半个警察。

"濑岛先生，我想再向您请教一个问题。"

"嗯？"

"鹈饲有什么把柄吗？"

"把柄……？"

濑岛目不转睛地看着柘植的脸。

"我想知道，无论如何都要打听出来。"

"看来是另有隐情啊。"

"鹈饲想报贿选案之仇。"

"不可能，就凭他的胆量……"

"不，他已经向县警局宣战了。"

濑岛的内心似是被这句话震撼到了。片刻后，他开口说道：

"女人倒是有，只不过——"

在回程的车上，柘植苦思冥想。

大场绢江，夜总会女公关，三年前跟了鹈饲。但鹈饲的妻子已在去年病逝。

——不够猛。

只要鹈饲咬定这是成年男女你情我愿的关系，就翻不出什么水花。能挑出点毛病的也就"夜总会女公关"这一点，但无论警方如何编排，都不足以对抗"炸弹"。

——不过……真是奇了怪了。

柘植琢磨起了另一件事：鹈饲的真面目。

不好相处，但行事合乎常理——这是柘植在这半年里对他形成的印象。

顽固而专横——鹈饲在此次骚动中的表现大略如此。

胆小如鼠——这是濑岛对他的分析。

对不上，仿佛一个人同时具备了三种人格。

鹈饲确实在上次选举中吃尽了苦头。但濑岛认为鹈饲胆小怕事，绝不可能跟县警局对着干。柘植的看法与之相近，他从没在鹈饲的言行中感受到对警方的应激。谁知，鹈饲突然发了狂，而且还是在选举尘埃落定的四年之后——

柘植抽起了烟。两根……三根……眼看着烟灰缸里的烟头越堆越多。

县议会将在三天后开幕。时间无情地流逝，警方却仍未看透鹈饲的心思，也不知"炸弹"的内容。

——炸弹质询……本部长道歉……

车上的电子钟，像极了炸弹的定时装置。

8

九月的例会在焦虑与烦躁中拉开帷幕。明天便是一般质询环节，鹈饲将在下午走上讲台。

在过去的三天里，柘植每天都杀去K市拜访鹈饲家，却只记住了保姆的长相和声音。他甚至无法判断，鹈饲是装不在家，还是真不在家。

"告诉本部长了吗……?"

"还没,什么都没说。"

柘植和坂庭又一次来到秘书课的小房间密谈。事已至此,拉拢怀柔这条路是铁定走不通了。只能退而求其次,搞清"炸弹"的内容。

无论鹈饲的问题有多大的杀伤力,只要能提前打探出内容,就能为本部长写好答辩稿。哪怕只是应付一时的回答,也能给人留下"本部长冷静应对"的印象。可要是对方发动突袭,问得本部长哑口无言、满头冷汗、不知所措,县警局便会名誉扫地。

柘植心急如焚,却不得不伏案苦干。因为本部长将下属写好的答辩稿都打了回来,上面用红笔写满了批注。不难看出,他煞费苦心地抹去了带有官僚色彩的措辞。然而,等待他的并非有良知的质询,而是一场震撼县警局的"爆炸恐怖袭击"。

傍晚时分,柘植和坂庭再次促膝密谈。

"去这儿碰碰运气——"

坂庭沿桌面推来一张字条,上面写着D市某公寓的地址和房号。夜总会女公关大场绢江——坂庭显然也在以柘植带回来的情报为线索,东奔西走。

"是绢江的房子?"

"不,在鹈饲名下,绢江时不时去一下——这是我们最后的机会了,你可一定要想办法打听出质询的内容啊。"

坂庭语气紧迫。

坂庭本也无须央求，因为柘植的立场与他同样尴尬。一旦败在鹈饲脚下，无论他乐不乐意，都只能给坂庭陪葬。

"柘植，靠你了！"

坂庭塞给柘植一个纸袋，里面装着高级洋酒。

晚上九点——柘植拎着纸袋，来到公寓八层。如果绢江也在，怕是很难进门了，所以他特意选了这个霓虹灯闪烁的时间段。

房门上方的墙上有一片凸起的金属，像是摄像头的支架。柘植按门铃的手指微微发颤。过了一会儿，门开了，身着浴袍的鹈饲探出头来。

"怎么是你——"

那张不好亲近的脸上浮现出难以掩饰的困惑。虽说鹈饲也没干什么伤天害理的事情，但很少有公众人物能在与女公关的爱巢遭遇突袭时保持冷静。

要是在这儿吃了闭门羹，那就全完了。柘植横下一条心。

"老师，请给我一点时间——谈完就走，不会让绢江女士撞见我的。"

鹈饲瞪大那双小眼睛，摘下眼镜，咬牙切齿地盯着柘植。

"你到底想说什么？"

"只占用您十分钟——求您了。"

"……"

"老师——"

"进来吧。"

柘植深鞠一躬，追着鹈饲的背影走进起居室。

"就十分钟。你要敢赖着不走，我就给知事打电话。明白了吗？"

话音刚落，鹈饲手中的无绳电话骤然响起。他不禁咂嘴。

"喂——嗯，是我……什么？"

鹈饲瞥了一眼柘植，从沙发上站起来，对着电话说道：

"等等，我换个地方。"

看来是不想让外人听到的事。他对柘植说了一句"走不走随你"，随即消失在卧室，还带上了门。

被独自撂在起居室里的柘植坐立不安。

——怎么搞的？赶紧说完出来啊。

柘植瞪向卧室的门，目光却往下一瞟。

鹈饲的公文包就摆在沙发旁。

他瞬间心跳加速。

柘植抬眼看了看卧室门，随即看回那公文包。但他没有就此放松警惕，而是再次观察卧室门。

不等他下定决心，身体便行动起来。他保持坐在沙发上的姿势，弯着腰走了几步，竖起耳朵听卧室里的动静。鹈饲的声音传来，像是正全神贯注地谈论着什么。

柘植又后退几步，单膝跪在沙发旁，眼睛盯着卧室门，手伸向公文包。冰凉的触感传至大脑，他轻轻拉开拉链。

包里的文件映入眼帘，柘植心跳如擂鼓，简直无法喘息。

他用汗湿的手指夹住文件，从外往里翻。关于环境激素的资料、中小企业破产数据、人寿保险宣传册、别的资料、备忘录、后援会名簿、资料、同学会名簿、资料、资料、资料——

没有。没有"炸弹"。愣是没有一张关于警察的资料。

——混账！

卧室传来响动，柘植闪回沙发。说时迟那时快，门开了，鹈饲再次现身。他似乎立刻察觉到了柘植的不对劲。

"怎么了？"

"呃……"

柘植的后背早已湿透。

"十分钟早就到了，你该走了。"

"不问出您的质询内容，我说什么都不能走！"

柘植语气强硬，仿佛是想甩掉心头的愧疚。不，他是孤注一掷了。公文包里并没有"炸弹"，它只存在于眼前这个人的脑子里。

"求您告诉我吧，只给概要都行！"

"明天就知道了。"

"我现在就想知道！无论如何都要问个清楚！"

"你急你的，关我什么事？"

柘植紧咬下唇。

他心想，原来这就是杀意。他想狠狠揍鹈饲一拳，想把鹈饲从沙发上拽下来，拳打脚踢。

然而，下沙发的是柘植自己。他双膝并拢跪了下来，双手扶地，告诉自己"这是在演戏"，身体却因愤怒与屈辱颤抖不止。

"老师——是我不懂事，求您告诉我吧！求您了！"

柘植把额头贴近地毯。他脸颊烫得冒火，血流在太阳穴涌动。和地毯相隔的几厘米便是他的自尊，但他连仅剩的自尊都抛下了。化纤的臭味是那样呛人。他的心绪逃离此地，蛇眼男孩和守夫的面容浮现在眼前，他转身又逃。他是那样想念蓝天，想念那一日怀着熊熊燃烧的雄心壮志，抬头仰望的一碧万顷——

"要是爱跪，那你不如就去竞选吧。"

柘植猛然抬头，怀里却被塞了那个装着洋酒的纸袋。鹈饲抿嘴一笑。

"明天会议厅见。"

9

亮度略略调低的暖色灯光，笼罩着被大理石和高档木材装饰得富丽堂皇的会议厅。

柘植身在会议厅后方的县职员休息室，全身僵硬。一般质询已经开始了，壁挂喇叭传出三崎一本正经的声音。

"卑鄙至极的肇事逃逸案件激起了公众的愤怒、悲痛和担忧——"

柘植心不在焉。他周围挤满了捧着包袱的县政府职员，他们带来了各种资料，时刻准备着应对意料之外的问题。而柘植甚至无暇准备资料。

"请鹈饲一郎上台发言。"

议长嘶哑的嗓音震得喇叭抖个不停。

柘植吓得缩成一团。该来的还是来了，鹈饲要扔"炸弹"了。

鹈饲的声音响起。

"环境激素也是报刊电视等媒体高度关注的热点问题……"

正如质询纲要中预告的那样，他的提问从环境激素开始，然后转向中小企业的扶持政策。这一项也已临近尾声。

鹈饲清了清嗓子。

短暂的停顿。

柘植闭上双眼，双手攥得膝盖生疼，只觉得胸口被人一把掐住。

鹈饲的声音再次响起。词语和句子，缓缓进入柘植已成真空的脑袋。

"我的质询到此结束，望各方真诚作答。"

——啊？

柘植仰望喇叭。

鹈饲的质询结束了？

"本县高度重视环境激素问题……"

环境部部长开始答辩。

柘植冲向会议厅的后门，拉开一条缝，望向议员席。鹈饲的面孔映入眼帘，跟往常一样给人以难以取悦的印象。只见他身体微斜，对部长的回答连连点头。

结束了。真的结束了。

柘植无力的脚步声回荡在地下通道。此刻的他，置身于安心感、虚脱感与旋涡般的疑念之中。

——为什么？

为什么鹈饲没有抛出"炸弹"？是后援会施压了，还是受了昨晚那通电话的影响？抑或是——

疑问直冲柘植天灵盖。

鹈饲手里真的有"炸弹"吗？

不会是他无中生有的吧？

——为了什么？

为了让县警局陷入恐慌？不，不对。恐慌的不是县警局，而是秘书课。更确切地说，是柘植和坂庭。被鹈饲耍得团团转的，也就他们两个。

鹈饲是冲着柘植和坂庭来的？让这两个人惊慌失措，鹈饲又能占到什么好处？

——莫名其妙。

回到秘书课一看，小房间的门开着，里头坐着一位来过好几次的公司老板。那张棱角分明的脸和负责接待的坂庭的背影同时映入柘植眼帘。

柘植坐回自己的工位。

刹那间，黑影横扫他迷雾重重的脑海。柘植缓缓望向小房间，仿佛是在辨认远处的幽鬼。

坂庭的背影——

看到背影才正常，这是小房间的沙发摆法所致。坂庭会让访客坐靠里的沙发，自己则背对着门坐。

那天则不然——

柘植从后援会的远山处回来，却得知鹈饲到访。情急之下，他没敲门就进了小房间，鹈饲和坂庭的脸同时进入视野。没错，他们没有面对面坐，而是并排坐在同一张沙发上。

那日的鹈饲也顶着一张难以取悦的面孔，但他平时就是如此。在柘植进来之前，在与坂庭独处时，他并没有生气。

假设鹈饲和坂庭是一伙的。在此基础上推演——

确实有迹可循。事发后，坂庭从未亲自找过鹈饲，而是让柘植全权处理。坂庭当过许多年的议会事务负责人，当然跟鹈饲有些交情。眼看着自己的饭碗岌岌可危，他却没有亲自去找鹈饲。

是坂庭和鹈饲合伙陷害了柘植。

不，也算不上"陷害"。柘植不过是白跑了几趟，并没有什么损失，况且他跟那两位本也无冤无仇。

——是我想多了？……

"辛苦了。"

坂庭开口说道。也不知他是什么时候从小办公室出来的。

"柘植，就这么算了吧。"

"嗯。可是……"

"比起这个——"坂庭压低声音,"鹈饲向片区警署报案了。"

"啊?"

"说公文包被人偷了。"

说着,坂庭微微一笑。

柘植半晌合不拢嘴,目送坂庭的背影远去。

——公文包被人偷了……?

他愣了好一会儿,甚至没注意到户田爱子端来的咖啡。

——公文包……

战栗悄然降临。

公文包。指纹。防盗摄像头。陷阱。形形色色的单词串联起来,在柘植的脑海中编织出一个始料未及的故事。

故事的主人公既非柘植,亦非鹈饲,而是名叫坂庭昭一的秘书课课长。

坂庭将在明年春天的人事调动中一飞冲天,目标直指部长。他想在那之前铲除祸根,永绝后患。所谓的祸根,就是七年前的"事故"。

坂庭的计划始于调柘植来秘书课时的那一刻。他一手制造了"炸弹"骚动,将柘植逼得走投无路。他坚信,柘植到了最后关头定会为自保偷翻鹈饲的公文包。鹈饲昨晚在公寓接的那通电话就是坂庭打的,为的是给柘植创造机会。门上方的墙上只剩摄像头的支架,因为摄像头被挪到了起居室的某处。鹈饲在卧室里盯着监控屏幕，没完没了地讲电话，直到柘植动手——

公文包并没有失窃。如果有朝一日，柘植威胁到了坂庭，那个包就会出现在某地的派出所附近。大腕儿议员都报案了，公文包必然会被送往鉴证部门，到时候人们便会发现所有的文件资料上都有柘植的指纹。偷了议员公文包的人——即便事情没有闹大，柘植也会在组织里一命呜呼。

不，故事不会这么发展，因为柘植永远都不会提起坂庭的"事故"。双方已是势均力敌。在柘植的"事故"被坂庭掌握的那一刻，故事就已经画上了句号。

鹈饲是故事中的配角。正如濑岛所说，此人色厉内荏。那场强制搜查拿走了他的魂，他早已落入警方之手。本部长的亲信坂庭找他帮忙时，他定是一口答应，想卖警方一个人情。然而，鹈饲如此配合坂庭仅仅是因为这个吗？砸向柘植的话语是那样辛辣，鹈饲是不是把柘植当成了替罪羊，想借他发泄对警方的怨恨？

不，一切都只是"故事"，不会有任何人回答柘植的疑问。

柘植望向课长专座。

那张清冷的面容全无起伏，侧脸给人留下的印象就更寡淡了。

不可思议的是，并无愤怒涌上心头。

换作是他，恐怕也会做出同样的选择。说不定哪天能用上坂庭的"事故"——毕竟柘植的脑海深处，也有过这样的念头。

秘书课的下午宁静如常。柘植忽而望向窗口，资材仓库的红褐色屋顶宛然在目，蓝色天空仅余细细一条，好不憋屈。

10

机关宿舍没有亮灯。

美铃和守夫去了邻镇的外公外婆家。由于霸凌日渐升级,美玲征得校方许可,带孩子"紧急避难"去了。

柘植吃了杯面,开了洗衣机。洗澡水放到一半,他却关了水龙头,往床上一倒,四仰八叉躺了好一会儿。

墙上贴着柘植的肖像画。那张用蜡笔和颜料涂抹而成的脸一点都不像他,配的字更是歪歪扭扭:

爸爸,工作加油呀!

柘植收拾好东西,出门发动车子。他似乎想到了一句要对守夫说的话:

交个朋友吧,只有一个也好——

也不知这是真心还是假意。柘植踩着油门不放,似是要摁住那颗稍不留神就会冷下来的心。